Sarah Lee

Sündiger Rausch

Geschichten aus Schloss Milkersdorf

Impressum

Passion Publishing Ltd.
Postfach 1128
D-53621 Königswinter
info@passion-publishing.de

Schloß Milkersdorf
Sabine & Rene Geisler
Schloßstr. 15
D-03099 Milkersdorf
www.schloss-milkersdorf .de

Autor: Sarah Lee
Satz und Layout: Ralph Handmann
Titelbild: © Roman Kasperski www.RomanKasperski.de
Umschlagentwurf: Ralph Handmann

Printed in Germany

Vertrieb: VSB, Georg-Westermann-Allee 66, 38104 Braunschweig

ISBN: 978-3-939907-39-8
VSB-Titelnummer: 3000346

Bestellhotline: 01805/708709
Bestellfax: 0531/708601
bestellung@passion-publishing.de

Sarah Lee

Sündiger Rausch

Geschichten aus
Schloss Milkersdorf

Kapitel 1
Die Feuertaufe

„Bist du dir sicher, dass du mit mir einen Swinger-Club besuchen möchtest?"

Mein Mann, Peter, saß mir beim Frühstück gegenüber und lächelte mich an. „Natürlich bin ich mir sicher, hätte ich dich das sonst gefragt? Du hast doch selbst gesagt, dass du gerne mal etwas Neues erleben möchtest."

„Ja, sicher", stammelte ich und versuchte meine Unsicherheit zu verbergen, die mich bei diesem Thema überkam.

„Aber bist du sicher, dass du nicht eifersüchtig wirst, wenn mich ein anderer Mann anfassen sollte?"

Peter faltete die Zeitung, in der er eben noch gelesen hatte, mit der ihm eigenen Gelassenheit zusammen, legte sie neben seiner Tasse auf den Tisch, ohne meinem Blick auszuweichen.

„Meine Liebe, wenn ich auch nur den geringsten Zweifel daran hätte, dass es mich eifersüchtig machen könnte, dir dabei zuzusehen, wenn ein anderer Mann dich anfasst, würde ich sicher nicht auf einen solchen Einfall kommen, mit dir in einen Swinger-Club zu gehen. Nein, im Gegenteil, Susanne. Wenn ich mir vorstelle, dass du mich dabei zusehen lassen würdest, wenn ein anderer Mann dich körperlich begehrt, dich anfasst, verführt und mit dir ins Bett geht, verspüre ich keine nennenswerten, außergewöhnlichen Eifersuchtsgedanken in mir, sondern eine wahnsinnige Lust. Für mich wäre das der Ausdruck unseres gegenseitigen Vertrauens, schließlich würden wir unsere sexuellen Fantasien gemeinsam endlich einmal in die Realität umsetzen."

Ich musste spontan lächeln, denn als Peter das letzte Mal mit mir geschlafen hatte, brachte er genau diese Fantasie mit ins erotische Spiel. Immer wieder hatte er mir, als er mich streichelte und zärtlich in mich drang, ins Ohr geflüstert, dass ich nun von einem Fremden penetriert würde.

„Schließe die Augen und öffne deine Schenkel. Du wirst jetzt spüren, wie sich ein Penis in dich hineinschiebt, aber du weißt genau, dass ich es nicht sein kann, denn ich stehe neben dir und streichle dir dabei über deine Brüste. Ich habe dich freigegeben, die Lust mit einem anderen zu erleben."

Und genau diese Vorstellung hatte meine Lust ins Unermessliche gesteigert. Die Augen zu schließen und nicht zu wissen, wessen Penis mich gerade diesem heftig sich ankündigenden Orgasmus entgegentrieb. Die Vorstellung es nicht im Geheimen zu treiben, wie meine beste Freundin, sondern ein Liebesspiel mit einem anderen Mann gemeinsam mit Peter zu erleben, war genau der Kick, der mich laut aufschreien ließ, als die kleinen Wellen meines Höhepunkts sich vereinigt in einer heißen Woge über meinen Körper ergoss.

„Stimmt, ich kann ja wohl schlecht leugnen, dass mich diese Vorstellung fasziniert hat, denn du warst ja dabei und hast mir mit dieser Fantasie den herrlichsten Höhepunkt seit langem gegeben."

Peters erstaunter Blick ließ mich schnell und dennoch aufrichtig hinzufügen:

„Nun gut, vielleicht nicht der herrlichste, aber auf jeden Fall der aufregendste, denn es gibt sicher nicht viele Frauen, die erzählen können, welches Geschenk du mir mit der Fantasie gegeben hast, dass es dir Befriedigung verschafft, wenn du mich mit einem anderen teilen kannst."

Peter griff über den Tisch herüber, meine Hand fassend.

„Schön, dann lass mich den Besuch in einem Swinger-Club planen. Allerdings sollten wir uns beide noch über einige Regeln unterhalten, die wir beide für diesen Abend aufstellen und an die wir uns halten, damit wir beide diesen Abend ohne Gewissens-Kater erleben können.

Und so verbrachten wir die nächsten Stunden damit, uns ausführlich in einem intensiven Gespräch damit auseinanderzusetzen. Wir waren uns beide klar darüber, dass wir uns in diesem Club nicht aus den Augen lassen würden, denn schließlich war es unser gemeinsamer Wunsch, alles zusammen zu erleben. Sollte sich uns eine andere Person annähern, die dem jeweiligen Partner in welcher Weise auch immer unsympathisch war, so hatten wir festgelegt, dass wir ein vorher vereinbartes Kennwort aussprechen würden, das dem anderen kenntlich machen sollte, dass man jede weitere Annäherung nicht möchte.

Am nächsten Wochenende überraschte mich Peter mit einem Geschenk. Voller Neugierde packte ich das kleine Päckchen aus, das er mir mitgebracht hatte. Zwischen zwei Lagen Seidenpapier lag ein aufreizendes, durchsichtiges Hemdchen mit einem dazugehörigen, aus Spitzen gearbeiteten, knappen Slip.

„Probiere es doch einmal an, zusammen mit deinen Halterlosen und den neuen Schuhen müsste es fantastisch aussehen."

Kurze Zeit später stand ich in diesem Hauch aus Seide vor Peter, der mich anerkennend musternd um die Schulter fasste und auf den Flur hinaus schob.

„Fantastisch! Jetzt zieh den Mantel an, bevor wir das Haus verlassen. Was sollen denn die Nachbarn von dir denken, wenn sie dich so sehen."

Lachend zwinkert er mir zu.

„Jetzt schau nicht so fragend. Ich hatte dir doch gesagt, ich plane den Abend im Club. Komm, wir gehen heute swingen!"

Mich Peter anvertrauend, stieg ich in unseren Wagen. Meine Neugierde, wohin uns die Fahrt bringen würde, stieg mit jedem Kilometer, den wir hinter uns legten. Peter machte ein großes Geheimnis daraus und ließ sich dazu nur einmal hinreißen, eine vage Andeutung zu machen:

„Nur so viel sei dir gesagt, du wirst heute in einem

Lustschloss landen und das im wahrsten Sinne des Wortes!“

Mir blieb nichts anderes übrig, als meine Ungewissheit weiter auszuhalten, während ich mich mit Peter immer weiter von Berlin entfernte. Aus dem Fenster blickend, betrachtete ich die schöne Landschaft des Spreewaldes, bis Peter mir nach ungefähr einer Fahrstunde sagte, dass wir gleich schon am Ziel ankommen würden. Ich spürte, wie aufgeregt ich nun war. Meine Ungewissheit wich einer Vorfreude, die ich kaum beschreiben kann. Als wir die Autobahn verließen und Richtung Cottbus fuhren, waren wir fast am Ziel.

„Was stand eben auf dem Ortschild?“, fragte mich Peter, der für einen kurzen Moment amüsiert zu mir herübergeblickt hatte und seine Hand auf mein Knie gelegt hatte.

„Milkersdorf. Ist es jetzt noch weit?“

„Nein, dann sind wir jetzt da, nur noch einmal rechts und dann müssten wir das „Schloss Milkersdorf“ eigentlich schon sehen.“

Es war genau so, wie Peter gesagt hatte. Nach der Abbiegung fuhren wir geradewegs auf den Swinger-Club zu, der seinem Namen alle Ehre machte. Es bereitete schon großes Vergnügen, dieses Schloss von außen anzusehen, das in exklusiver, historischer Umgebung in der Dunkelheit angestrahlt wurde und zu einem der wertvollsten Einzeldenkmäler des Landes Brandenburg zählt, wie mir Peter erklärte, während er den Wagen einparkte.

Mit klopfendem Herzen und leicht zittrigen Knien betrat ich mit Peter den Swinger-Club, dessen heller Eingangsbereich mich überraschte. Anstelle schummrigen Lichtes, das ich hier irgendwie erwartet hatte, stand ich in einer hell erleuchteten Eingangshalle, die den Eindruck erweckte, in einem modernen Hotel an der Rezeption zu stehen und mich vergessen ließ, dass ich in einem Schloss stand. Ein freundlich lächelndes Paar kam uns sofort mit ausgestreckten Händen entgegen. Wir standen den Eigentümern von Schloss Milkersdorf, Sabine und René, gegenüber, die uns herzlich begrüßten und uns gleich mit ihrer warmherzigen Art wie gute Freunde aufnahmen.

„Ihr müsst Susanne und Peter sein", richtete sich René an uns.

„Freut mich, euch heute hier begrüßen zu können. Peter, du hast mir ja schon am Telefon erzählt, dass ihr zum ersten Mal in einem Swinger-Club seid. Da wir Wert darauf legen, dass sich unsere Gäste wohl fühlen und zurechtfinden, führen immer sogenannte Paten unsere Neulinge in den Club ein. Wir nennen sie auch Liebesengel und wann immer ihr eine Hilfestellung braucht, könnt ihr euch an sie wenden. Heute Abend werdet ihr erst einmal von Rainer und Christina begleitet, die euch beiden unsere Räumlichkeiten zeigen, damit ihr euch schnell zurechtfinden könnt."

Kaum hatte er dies ausgesprochen, stand uns auch schon ein sympathisches Paar gegenüber, das sich uns als Rainer und Chris vorstellte.

Mir entging nicht, wie Peters Blick an Chris entlangglitt, und ich sah, dass ihm diese zierliche, langhaarige Frau gefiel, die nur in hochhackigen Schuhen und String bekleidet vor ihm stand, dies aber mit der Sicherheit, als würde sie nie etwas anderes tragen.

Rainer indessen half mir aus dem Mantel und vermied, mich mit weiteren Blicken zu betrachten. Ich war ihm dankbar für diese Geste, denn am liebsten wäre ich in diesem Augenblick, in dem ich fast nackt vor ihm stand, im Boden versunken.

Chris nahm mich an die Hand und führte mich in einen angrenzenden Raum.

„Komm mit mir, bis Rainer deinem Mann gezeigt hat, wo er sich umziehen kann, trinken wir beide einen Sekt, und ich stell dich schon einmal einigen Stammgästen vor, die dir sicher gefallen und dir die Unsicherheit nehmen werden."

Dankbar, in dieser Halle nicht allein gelassen zu werden, folgte ich Chris erleichtert in den Nebenraum, der nun schon eher meinen Vorstellungen entsprach, wie es wohl in einem Swinger-Club aussieht. Der ganze Raum war eingetaucht in ein warmes Licht, das nur von Kerzen und brennenden Fackeln erhellt wurde, die auf dem lang gezogenen Bartresen standen und von den Wänden abbrannten. Auf den Barhockern saßen andere Gäste, die sich angeregt paar- oder gruppenweise unterhielten. Die meisten Frauen waren ähnlich gekleidet wie ich. Nur ab und zu sah ich völlig nackte Frauen, die ihre Nacktheit angezogen trugen. Die Herren, meist mit eng anliegenden Slips bekleidet, lenkten meinen Blick von den gänzlich nackten Männern ab. Meine Scheu war noch zu groß, mir die total Nackten zu betrachten. Schließlich war ich hier nicht in einer Sauna, wo die Körperlichkeit nicht als Auftakt zu sinnlichen Spielen benutzt wird und wo es natürlich ist, unbekleidet zu sein. Hier befremdete mich noch diese Nacktheit, aber Chris verstand auch diesmal, mir meine Hemmung zu nehmen.

„Du musst nicht unsicher sein. Die Gäste hier sind alle aufgeschlossen und nett. Wenn du sie näher kennenlernst, wirst du feststellen, dass sie meist alle sehr humorvoll sind, anspruchsvolle Jobs haben und die meisten von ihnen in harmonischen Beziehungen leben, so wie du und Peter. Hier wollen alle nur für ein paar Stunden Lust und Sinnlichkeit auf hohem Niveau erleben, anonym, diskret und dem Zufall und der Lust überlassend."

Mit diesen Worten wendete sie sich einem Paar im Adamskostüm zu, das sie mir vorstellte:

„Hallo, Ihr Süßen", begann sie die Vorstellung.

„Darf ich vorstellen? Susanne, das sind Pat und Rike." Und an die beiden gerichtet:

„Das ist Susanne, die uns heute zum ersten Mal besucht. Ihr Mann Peter ist noch mit Rainer unten." Und nach einem Blick sich umschauend:

„Da sind sie ja schon. Peter, darf ich vorstellen, Rike und Pat."

Ganz schnell entwickelte sich zwischen uns ein lockeres Gespräch. Rike und Pat erzählten uns, dass sie regelmäßig in diesen Club kommen und wiesen uns gemeinsam mit Rainer und Chris in bestimmte Regeln ein, die hier im Haus von jedem Gast akzeptiert und angewendet werden. Die wichtigste Gepflogenheit ist, dass keiner der Gäste etwas ohne Zustimmung und Lust macht oder durch einen anderen zulässt. Körperliche Annäherungen bedürfen der Einwilligung und müssen eingeholt werden. Dazu reicht es, einen anderen mit der Hand kurz zu berühren. Ist eine Zuwendung nicht erwünscht, genügt es, die Hand wegzuschieben. Ich spürte, wie ich ruhiger wurde. Hörte sich doch alles ziemlich unkompliziert an und kam meiner Einstellung entgegen.

Peter und ich hatten vor dem Besuch hier ausgemacht: Alles ist möglich, aber nichts muss möglich sein. Und wir waren uns sicher, wir könnten trotzdem einen schönen Abend verleben, auch wenn es nicht dazu kommen würde, dass wir gemeinsam mit anderen unsere Lust ausleben würden.

So waren Peter und ich mit der Vorstellung in den Club gefahren, dass wir gemeinsam diesen Abend verbringen wollten, weil wir Lust hatten, uns sexuell gemeinsam mit anderen auszuleben, aber dies nicht ein zwingendes Bedürfnis sein dürfte, dass wir unbedingt ausleben müssten. Entweder würde es passieren oder nicht.

Nachdem wir zusammen mit den beiden Paaren an der Bar ein Glas Sekt zum Einstand getrunken hatten, führten uns Rainer und Chris durch den Club. Sie wollten uns unbedingt die unterschiedlichen Zimmer zeigen, die sich auf zwei Ebenen befanden und den verschiedensten Bedürfnissen und sexuellen Neigungen der Gäste hier zur Erfüllung verhelfen sollten.

Im Keller des Clubs befand sich die Entspannungszone, in der sich eine große Saunalandschaft befand, mit angrenzendem Schwimmbad und Ruheraum.

„Na ja, hier muss ich euch ja nicht viel erklären, lasst uns lieber gleich wieder nach oben gehen, denn dort wird es etwas prickelnder. Ihr könnt dann, wenn ihr alles gesehen habt, selbst den Club erkunden und euch dort aufhalten, wo ihr gemeinsam Spaß findet."

Rainer hatte Recht, dieser Saunabereich unterschied sich nicht von den Saunen, die ich nach meinem Sport besuchte. Ich war neugierig darauf, was mich bei dem weiteren Rundgang durch den Pärchen-Club erwarten würde. Als wir wieder die Stufen ins Erdgeschoss hochgestiegen waren, leiteten uns Rainer und Chris an der Bar vorbei, hinaus auf einen langen Flur, von dem aus man durch mehrere Türen in die unterschiedlich gestalteten Räume eintreten konnte, wie uns Rainer beim Rundgang erklärte.

„Die Bar ist allgemeiner Treffpunkt hier und erwartet wird, dass ihr euch dort so verhaltet, als würdet ihr in eine ganz normale Bar gehen. Das einzige, was diese hier von einer außerhalb des Clubs unterscheidet ist, dass wir hier keine besondere Kleiderordnung haben." Bei diesen Worten grinste uns Chris augenzwinkernd zu.

„Stimmt, auf Kleidung wird hier kein großer Wert gelegt. Aber Spaß beiseite, was Rainer damit eigentlich sagen wollte ist, dass es für das Ausleben unserer sexuellen Lust hier genügend Zimmer gibt, zu der aber nicht der Barraum gehört. Dort könnt ihr etwas zur Erfrischung zu euch nehmen, euch mit anderen unterhalten, aber geliebt wird zum Beispiel hier!“

Mit diesen Worten öffnete sie die erste Tür des Flures. Vor uns lag ein großer Raum, in warmes Licht getaucht und ausgestattet mit einer riesigen Liegefläche, die den ganzen Raum einnahm. Verstreut auf der Matratzenlandschaft lagen verteilt einige kleine Kissen, aber auch, wie ich bei einem flüchtigen Blick sah, einige Frauen und Männer, die damit beschäftigt waren, sich gegenseitig zu streicheln. Andere waren dabei, sich gegenseitig mit der Zunge zu verwöhnen, wobei andere lasziv einfach nur auf dem riesigen Bett lagen und den anderen zusahen. Obwohl mich diese Szenerie neugierig machte, fühlte ich gleichzeitig so etwas wie Scham in mir hochkommen. Noch nie hatte ich anderen Menschen beim Austausch von Zärtlichkeiten zugesehen... Das kann ja heiter werden, dachte ich und drückte verstohlen Peters Hand.

„Ich bin doch bei dir“, flüsterte mir mein Mann zu. „Du wirst doch nicht schon weiche Knie haben?“

Chris schloss wieder die Türe und ging mit uns an einer weiteren Tür vorbei. Erst hier fiel mir auf, dass neben jedem Zimmereingang ein Name auf einem silbernen Schild stand, der den Besuchern Hinweis auf das, was hinter den Türen verborgen war, gab. So stand hier zu lesen: „Domina-Studio. Bitte Raum nur betreten, wenn Türe geöffnet ist."

„Ach, das habe ich vergessen zu erwähnen", erläuterte Chris.

„Ihr habt freien Zutritt zu allen Räumen, bis auf diesen hier. Wir bitten euch, solltet ihr Lust auf S/M Spiele haben, müsst ihr die Benutzung dieses Zimmers beim Besuch des Swingers anmelden, denn wir möchten den Paaren, die hier einen Abend verbringen möchten, die Gelegenheit geben, ihr Intimleben ungestört von neugierigen Blicken ausleben zu können. Solltet ihr Spaß am Voyeurismus haben, dann ist diese Räumlichkeit dazu geeignet, anderen beim Liebesakt zuzusehen oder selbst dabei gesehen zu werden."

Rainer gewährte uns den Zugang zum nächsten Zimmer. Diesmal achtete ich auf das Schild, das neben dem Zimmer angebracht war. „Theater der Lust" stand dort zu lesen. Und wirklich, alles war hier eingerichtet, wie in einem Kleinkunsttheater. Vor einer kleinen, erhabenen Bühne, deren Boden mit rotem Samt ausgeschlagen war und auf der ein riesiges rotes Bett prangte, waren vier oder fünf Sesselreihen aus rotem Plüsch aufgestellt. In dem Moment, in dem wir als Zuschauer Einblick in den Raum nahmen, saßen einige Paare in den Reihen, die konzentriert auf das sahen, was auf der Bühne gerade gezeigt wurde. Auf dem großen, runden Bett räkelte sich eine nackte Frau, die sicht- und hörbar genoss, dass sich zwei Männer um sie bemühten. Während der Ältere seinen Kopf zwischen die gespreizten Beine der Frau gedrückt hatte und ihren Schoß mit der Zunge ableckte, küsste der andere Mann zärtlich den Mund der sich in Ekstase windenden Frau. Sofort erinnerte mich diese Szene an meine und Peters Fantasie, die genau dieses beinhaltete. Ein leiser Schauer der Lust ergriff meinen Körper, was auch Peter wahrnahm. Sofort legte er seinen Arm um meine Schulter, aber seine Fingerspitzen schoben sich von oben leicht in mein Hemdchen, so als suchten sie meine Brustwarzen zu liebkosen, die sich aufzurichten begannen.

„Das ist nach unserem Geschmack, nicht wahr, meine Liebe?"

Rainer legte nun auch einen Arm um mich und drückte mich sanft wieder Richtung Tür, gefolgt von Peter und Chris. Im Augenwinkel nahm ich wahr, dass sie ihre Hand auf die Schulter meines Mannes gelegt hatte und ihm etwas sagte, was ich nicht verstehen konnte. Beide lachten, und ich stellte fest, dass es mir nichts im Geringsten ausmachte, dass sie sich gut zu verstehen schienen. Schließlich war ich mir der Liebe meines Mannes sehr sicher und ich wusste, dass alles, was sich hier an diesem Abend zwischen uns und anderen ergeben sollte, aus reiner Lust passieren würde, nicht mehr oder weniger. Wenn mir das nicht bewusst gewesen wäre, hätte ich einem Besuch in einem Swinger-Club nicht zugestimmt. Wer eifersüchtig oder besitzergreifend ist, hat nichts in einem Paarclub zu suchen, zumindest ist das meine Überzeugung.

„Das, was du eben gesehen hast, hat dir gefallen, nicht wahr?", fragte mich Rainer, aber bevor ich antworten konnte, fügte er hinzu: „Komm, ich möchte euch gerne noch ein weiteres Zimmer zeigen, vielleicht ist das auch nach eurem Geschmack."

Das Schild neben der Tür am Ende des Ganges ließ mich erahnen, was mich erwarten würde: „Dunkelkammer."

Es war wirklich sehr dunkel hier und man konnte kaum die Hand vor den Augen erkennen. Genau das machte den besonderen Reiz hier aus. Man erahnte, ertastete oder fühlte hier die anwesenden Gäste. Erfüllt war die Umgebung vom leisen Lachen und Kichern der Anwesenden, aber auch tiefes Atmen war zu hören und Geräusche der Wollust. Plötzlich spürte ich eine Hand, die sich auf meinen Po legte und sanft über meine Hüften schob. Ganz spontan legte ich meine darüber und schob die fremde Hand von meinem Körper fort. Ich war noch nicht so weit, mich dieser Situation hier auszusetzen, obwohl ich damals schon spürte, dass ich nicht zum letzten Mal hier sein würde. Neben mir hörte ich Peters Atmen. Er war also auch nicht mehr unberührt geblieben.

„Kommt noch mit in die nächste Kammer, die möchte ich euch abschließend noch zeigen."

Mit dieser Aufforderung wendeten wir uns der Stimme unseres Paten zu und tappten vom Dunklen wieder in die sanfte Helligkeit des Flures und folgten Chris und Rainer in die sogenannte Kammer, die hier als

„Massage-Salon“ ausgeschrieben war.

„Oh, ist das schön hier“, stieß ich erleichtert aus, mich wieder auf sicherem Boden fühlend, nach dem Tappen im schwarzen Raum und sah mich mit Peter hier um. Wir vier waren hier alleine und umgeben von den Düften ätherischer Öle. Auch hier befand sich mitten im Raum eine übergroße Liegefläche. Überall brannten Kerzen, auf einem Tisch standen verschiedene Massageöle, weiße Saunatücher lagen zur Verwendung aus und auf einem Regal standen Säfte, Wasser und Sekt mit den passenden Gläsern bereit.

„Kommt, lasst uns, bevor wir euch wieder allein lassen, auf euren Einstand ein Glas Sekt trinken. Wir hoffen, dass wir euch einen ersten Eindruck geben konnten. Solltet ihr noch Fragen haben, beantworten wir sie gerne und hoffen, euch nachher noch in der Bar zu treffen.“

Chris hatte schon die Gläser eingeschenkt, wir prosteten uns zu, und in dieser lockeren Umgebung ließ ich mich entspannt auf die bequeme Liegefläche fallen.

Chris setze sich sogleich neben mich, stellte ihr Glas ab und begann meine Schenkel zu streicheln. Dabei schob sie ihre Finger in die Spitzen meiner halterlosen Strümpfe. Die anfängliche Verwunderung über ihre plötzliche Annäherung wich einem wohligen Gefühl, und ich begann ihre Zuwendung zu genießen.

Während die beiden Männer unbeachtet dessen neben uns standen und sich angeregt miteinander unterhielten, warf ich genussvoll meinen Kopf in den Nacken und schloss die Augen. Ich hatte es bis zu diesem Tag noch nicht erlebt, dass mich eine andere Frau derart anfasste und meine Vorstellung, als ich mit Peter in den Swinger-Club fuhr war die, dass ich höchstens von einem anderen Mann berührt werden würde, aber ich muss zugeben, dass die Art und Weise, wie mich Chris berührte, sehr gefiel. Nicht nur, dass sie ihre Berührungen äußerst vorsichtig und zärtlich ausführte, gefiel mir, sondern auch, dass sie bemüht war, meinen Blick zu erhaschen, um sich eine Erlaubnis für weitere Berührungen von mir geben zu lassen, von den Worten begleitet: „Gefällt dir das?"

Ein leichtes Stöhnen entfuhr meinen Lippen, was sie zum Anlass nahm, mich weiter zu erforschen.

Die beiden Männer verstummten augenblicklich und wendeten sich uns nun auch zu. Peter setzte sich in Kopfhöhe neben mich, Rainer reichte Chris eine Flasche mit Massageöl und legte sich an meine linke Körperseite, Kopf an Kopf. Seine Lippen küssten meinen Mund, während er mit seiner Hand meine kleinen Brüste umfasste. Chris hatte den Rand meines Slips umfasst und ohne weiter nachzudenken, hob ich leicht mein Becken an und ließ geschehen, dass sie ihn mir vom Körper über die Beine und Füße abstreifte. Rainers Hand, die sich auf meine Stirn gelegt hatte, drückte meinen Kopf sanft hinunter auf ein Kissen, das er mir in den Nacken legte. Rainers Finger drückten sich zwischen die Spitzen meines Hemdchens und meinen Busen, wo sie leicht in meine Warzen kniffen. Nur so leicht, dass sie mich reizten, ohne mir Schmerz zuzufügen. Unsagbare Lust stieg in mir hoch, ich wollte mehr von dieser Berührung fühlen und drückte ihm meinen Oberkörper entgegen. Peter nahm dies zum Anlass, mein Hemd abzustreifen und bot Rainer meine nackten Brüste dar. Sofort beugte sich Chris Partner über mich und bedeckte meine aufgerichteten Warzen mit Küssen und sog sie in seinen warmen Mund hinein. Ich spürte, wie mir die Lust ins Becken schoss. Spontan öffnete ich begehrlicher meine Schenkel, wo sich mir die warmen, mit Öl getränkten Hände von Chris auf meine Scham legten. Chris drückte ihre Finger gegen meine leicht geschwollene Klitoris, die nun von der Berührung umschlossen wurde. Ich stöhnte laut auf, denn das Berührtwerden am ganzen Körper und von vielen Händen gleichzeitig, erfüllte mich mit unersättlicher Lust. Meine eigenen Hände suchten auf dem Lager neben mir und fanden Rainers Körper, der eng an mich geschmiegt neben mir lag. Ich begann nun sofort auch ihn zu erforschen. Seine Haut waren für einen Mann ungewöhnlich zart, seine Beine fest und muskulös. Zaghaft schob ich meine Fingerspitzen langsam über seine Hüften hinüber auf sein Schambein bis hin zur Penisspitze, die sich augenblicklich gegen meine Hüften drängte und aufrichtete. Rainer zog seinen Atem nun hörbar durch seinen leicht geöffneten Mund über seine Zähne ein. Meine Berührung quittierte er mit einem leichten Zwirbeln meiner Brustwarzen, die er zwischen seinen Fingerspitzen hin- und her drehte. Der anfängliche leichte Schmerz wandelte sich in Lust und Begierde. Meine Gedanken waren nur noch auf den Wunsch gerichtet, mehr massiert zu werden, am ganzen Körper, von vielen Händen. Chris beugte sich tief über mich und verwöhnte mich mit ihrer Zunge, die sie unbeschreiblich langsam über meinen Körper zog, dabei nicht eine einzige Stelle meines Körpers unbeachtet lassend. Mit leichten Stössen drückte ich ihr mein Becken entgegen, als ich ihren Atem und ihre Zungenspitze auf meiner Vagina spürte. Die Lust, die sie mir damit bereitete, kroch langsam wie eine warme Flut über meinen gesamten Leib, bis sie mit gleichzeitigem Winden meines Körpers auf dem Liebeslager verebbte und aus mir herausströmte. Peter küsste mich, selbst nun hochgradig erregt, lange und intensiv. Sein Phallus war hart und aufgerichtet, als er sich Chris zuwendete, die immer noch zwischen meinen Beinen kniete und dabei war, meine Schenkel mit ihren langen Fingernägeln zu streicheln. Selbst als mein Mann bereits hinter ihr niederkniete, so dass er seinen Penis gegen ihren Po drücken und sie in der Taille gefasst an sich heranziehen konnte, hörte sie damit nicht auf. Allerdings versuchte sie nun, sich über meinen Körper zu beugen, damit ihre Lippen die ihres Mannes erreichen konnten. Ihre Zungen streckten sich entgegen, spielten aufreizend miteinander und schoben sich gegenseitig in die Münder. Das alles spielte sich über meinem Gesicht ab, und ich verspürte eine erneute Lustwelle. Ihnen bei diesem Zungenspiel zusehen zu können, dabei ihre Nägel in meinem Fleisch zu spüren, unsere aller Lust nicht nur zu fühlen, sondern auch zu riechen, machte mich wahnsinnig geil. Vielleicht trug auch das Wissen dazu bei, was Peter nun mit Chris vorhatte. Schließlich kannte ich Peters Lieblingsstellung, wusste, dass er mich besonders gerne im Stehen oder Knien von hinten nahm. Mich machte es unsäglich heiß, dass ich genau beschreiben konnte, was Chris nun körperlich fühlen musste, denn ich kannte jede Einzelheit von Peters Körper. Ich verstand, warum Chris nun so lüstern aufschrie, denn auch ich drehte durch, wenn ich spürte, wie Peters Penis sich langsam in meine Scheide schob, Millimeter für Millimeter. Peter konnte die Eröffnung eines Geschlechtsaktes bis zur Unerträglichkeit langsam ausüben. Diese Erfahrung gab er nun auch Chris, die auf der einen Seite das langsame Eindringen genoss, aber ihm entgegenschrie, er solle es ihr heftig geben.

„Oh, hör' nicht auf, komm, mach endlich weiter!"

Während dies geschah, flüsterte mir Rainer eindeutige und versaute Zoten ins Ohr und gab mir zu verstehen, dass auch er mich gleich nehmen würde, wenn es seiner Frau gekommen wäre. Er müsse zusehen, wie sie ihren Orgasmus erlebt. Im Folgenden flüsterte er mir Sätze ins Ohr, die mir noch heute ein Prickeln in den Schoß jagen, wenn ich sie erinnere.

Rainers Hände schoben sich über meine Brüste, während er erneut seine Frau küsste. Ihr Speichel tropfte bei den gierigen Küssen und einem lang gezogenem Schrei auf meinen Bauch, den sie bei ihrem Orgasmus hervorbrachte, den ihr mein Mann schenkte. Zu allerletzt klatschte er mit der flachen Hand hinten drauf auf ihre Pobacken, so als würde er damit nun seinen Akt abschließen.

Nun wendeten sich die Stellungen. Chris kroch hoch zu mir und legte ihren Kopf an den meinen, während sich nun Rainer zwischen meine Schenkel schob. Er setzte seine Penisspitze direkt an meine zuckende Scheide und spießte mich regelrecht auf. Unwillkürlich schrie ich meine Lust hinaus, während sich mein Mund dem süßlich, nach Chris' Scheide riechenden Gliedes meines Mannes zuwendete. Gleichzeitig mit den Stößen, die mir Rainer gab, sog ich Peters Glied tief in meinen Mund. Meine Zunge umkreiste die Spitze seines nach Samenflüssigkeit schmeckenden Penisses, die er eben in Chris verströmt hatte. Auch sie konnte ich an seiner Spitze schmecken, während ich Rainer durch meine Bewegungen zeigte, wie sehr ich seine harte Art und Weise genoss, mit der er in mein Becken stieß. Seine Bewegungen waren ausholend und unausweichlich drang er tief in mich, bis auch er sich zuckend über meine Brust warf. In kurzen Spritzern entlud sich seine Geilheit in meinen Schoß und tropfte auf das Laken unter mir, als er sich genauso schnell, wie er vorher seine Stöße gesetzt hatte, aus mir zog.

Erschöpft lagen wir alle vier nun nebeneinander, hatten die Arme um uns, die Beine auf die Schenkel des anderen gelegt. Immer wieder küssten wir uns leicht auf Wangen oder Mund. Die Hände immer noch damit befasst, fremde oder vertraute Haut zu streicheln.

Diese Zeit, die wir uns nahmen, um unsere Geilheit ausklingen zu lassen, war mir sehr angenehm. Das, womit wir uns alle vier so lustvoll und ohne Kopf befasst hatten, bekam dadurch keinen üblen Nachgeschmack. Jeder konnte entspannen, war dem anderen wohlwollend zugetan, konnte genießen und gönnen.

„Wir haben noch niemals ein Pärchen dermaßen in unseren Club eingeführt", lachte Chris mehr vor sich hin, als dass sie diesen Satz für uns gesprochen hätte.

„Hat doch gut gepasst", erwiderte mein Mann.

„Wir haben alles, oder fast alles gesehen, dank euch. Und mit euch, das war doch eine schöne Erfahrung. Nun, hat jemand noch Lust auf einen Durchgang in der Sauna?"

Lachend und entspannt seufzend erhoben wir uns. Zu viert gingen wir in den Spa-Bereich des Clubs, wo wir gegenseitig unsere Körper unter der Dusche streichelten und mit Seife einrieben. Danach zogen sich Rainer und Chris sofort in den Ruheraum zurück. Jetzt allein mit meinem Mann, ließ ich gedanklich meine ersten Eindrücke mit dem Besuch eines Swingers Revue passieren. Ich fühlte mich wohl und um eine Erfahrung reicher.

Peter schien es nicht anders zu gehen. Schweigsam saß er neben mir auf der Holzbank in einer Dampfsauna, streichelte sich gedankenverloren über seine Brust, auf der sich kleine Schweißtröpfchen gebildet hatten. Ein kleines Lächeln, das seinen Mund umspielte, zeigte mir, dass er sich wohlfühlte.

„Verrätst du mir, woran du gerade gedacht hast?",

richtete ich die Frage an ihn, während ich mit meiner Hand über seinen schweißnassen Rücken fuhr.

Kaum hatte ich die Frage ausgesprochen, biss ich mir auch schon auf die Lippen. Genau diesen Satz wollte ich mich nicht mehr sagen hören. Wenn Peter das Bedürfnis hatte, mir etwas zu sagen, sollte ich darauf vertrauen, dass er es mir von sich aus sagte. Außerdem kam ich immer mehr zu der Überzeugung, dass man Gedanken ihrer Freiheit beraubt und ihrer Flügeln stutzt, sobald man aufgefordert wurde, sie einem anderen mitteilen zu müssen. Jetzt saß ich hier neben Peter und ärgerte mich, dass ich ihn bat, mit mir seine Gedanken zu teilen. Ich muss jedoch zugeben, dass ich darauf brannte zu erfahren, was das Lächeln in sein Gesicht gebracht hatte, denn ich brachte das mit diesem Besuch in Milkersdorf in Verbindung.

„Entschuldige, das war eine dumme Frage. Sag' mir lieber, ob dir das eben gefallen hat."

Peter legte sich neben mich auf die Liege und seinen Kopf auf meine Schenkel.

„Lange halte ich das hier nicht mehr aus."

„Ich hatte eben nicht den Eindruck, dass du dich unwohl im Club fühlst. Warum hast du mir das nicht früher gesagt?"

Peter fing jetzt laut zu lachen an.

„Ich meinte die Hitze hier, Susanne. Das ist ja wie in der Hölle."

„Na, wenn das hier die Hölle ist, dann war der Massage-Salon eben wohl das Fegefeuer."

Breit grinsend richtete sich Peter wieder auf.

„Das wäre doch ein toller Name für ein Zimmer hier im Club. Aber Spaß beiseite, meine Liebe, dir zusehen zu können, wie du deinen Orgasmus erlebst und mir selbst auferlegt zu haben, mich nicht aktiver daran zu beteiligen, ließ in mir schon die Hitze eines Feuers spüren."

Ich rutschte eine Bank tiefer und blickte hoch zu Peter.

„Warum hast du dir denn eine größere Beteiligung verwehrt? Ich meine, wie ich deine Fantasien kenne, hättest du doch gerne noch mehr gemacht!"

„Ich wollte mich nicht ablenken von der Erfahrung und hatte Lust, dich beobachten zu können, wie du dich in deiner Geilheit fallen lässt. Zu sehen, wie du dich von Chris verwöhnen lässt, hat mich besonders angemacht. Außerdem, und das ist ein weiterer Grund, weshalb ich mich zurückgehalten habe, wollte ich ganz klar fühlen, ob ich es ertragen kann, dich mit anderen zu teilen."

Peter überraschte mich mit dieser Aussage, denn ich dachte, wir hätten schon vor dem Besuch im Swinger-Club sicher gewusst, dass wir beide dazu in der Lage sein würden. Ich sagte ihm das auch gleich, worauf er erwiderte:

„Die Vorstellung ist eins, das Umsetzen und sich dabei auch noch wohl zu fühlen, das andere. Dieser Abend war in dieser Hinsicht eine Feuertaufe für mich. Ich konnte dir ansehen, dass es dir Spaß machte, dich hier von unseren Paten inspirieren zu lassen und deine Lust ohne Tabus und Hemmungen ausleben zu können. Du glaubst gar nicht, wie sehr mich das angemacht hat. Außerdem danke ich dir, dass du so viel Vertrauen in mich hast, um mich daran teilnehmen zu lassen."

Er fasste mich bei der Hand, gemeinsam verließen wir die Dampfsauna, stiegen ins Tauchbecken und suchten den Ruheraum auf. Dort lagen wir beide entspannt nebeneinander und verbrachten den Rest des Abends mit Rainer und Chris, mit denen wir uns in der Bar noch einmal zufällig trafen und ein letztes Getränk zusammen tranken. Wir erfuhren von den beiden, dass sie schon seit vier Jahren ein Paar sind, die regelmäßig den Swinger-Club besuchen und die Abende dort als Auffrischung ihrer Sexualität betrachten.

„Habt ihr euch schon in allen Räumen hier aufgehalten?", fragte ich Chris, die mir als Antwort ein viel sagendes Grinsen schenkte.

„Ja, wir hatten hier schon überall unseren Spaß, mal mehr, mal weniger. Das hängt ganz davon ab, auf welche Leute man hier trifft und wie die Atmosphäre von diesen Personen gestaltet wird. Es kann auch durchaus mal passieren, dass wir an einem Abend hier keine Lust empfinden mit anderen zu schlafen. Allerdings empfinden wir das nicht als Verlust, denn wie gesagt, wichtig ist, dass wir beide uns zugewandt fühlen. Manchmal ziehen wir uns auch alleine zurück und teilen an solchen Abenden unsere Lust nur mit uns. Manchmal sehen wir nur anderen zu. Wenn ihr hier öfters mal hinkommt, werdet ihr sicher auch feststellen, dass man eine voyeuristische Seite in sich hat. Man muss sie sich nur eingestehen."

Ich nickte beiden zustimmend zu, denn genau so stellte ich mir Besuche in einem Paarclub vor: Alles ist erlaubt, aber nichts muss zwangsläufig passieren. Dass ich Spaß beim Zusehen anderer Paare hatte, musste ich mir nicht erst eingestehen, denn ich spürte noch das Kribbeln auf meiner Haut, das sich im „Theater der Lust" bei mir eingestellt hatte.

„Habt ihr beide euch denn dann auch schon so richtig in allen Räumen dieses Clubs ausgetobt?", fragte Peter und sprach damit genau das an, was auch ich wissen wollte, mich aber noch nicht zu fragen getraut hatte.

Chris zögerte etwas, aber blickte uns dann mit festem Blick an. „Wir kommen hier ja schon seit Jahren hin. Wir sind genauso von Paten in den Club eingeführt worden, wie ihr auch. Allerdings bis auf eine Ausnahme, denn wir haben mit diesem Paar nicht zusammen geschlafen. Bei euch war es Sympathie auf den ersten Blick."

Es überraschte mich, dass Chris dabei errötete, aber gerade das ließ meine Sympathie für sie noch größer werden. Sie versuchte ihren leichten Anflug von Verlegenheit nicht zu überspielen, sondern fuhr mit dem Beantworten Peters Frage fort:

„Wir waren neugierig auf die verschiedenen Räume hier, sicher so, wie ihr es heute auch wart. Nach und nach haben wir hier alles einmal ausprobiert. Sei es, im

„Theater der Lust“ als Zuschauer Platz zu nehmen oder uns in der „Dunkelkammer“ zurechtzufinden. Wir haben sogar einige Male vor dem „Domina-Studio“ gestanden, ich gebe zu, sogar mit dem Ohr an der Tür.“

Rainer lachte bei dieser Aussage herzhaft auf.

„Stimmt! Ich kann mich noch gut daran erinnern. Wir hatten beide keine Ahnung, was sich hinter dieser Tür abspielte, waren aber neugierig es zu erfahren.“

„Und?“, fragte ich neugierig.

„Eines Abends, wir standen wieder vor der verschlossenen Tür, wurden wir beim Lauschen erwischt. Ihr könnt euch vorstellen, wie sehr wir erschraken, als sich plötzlich eine Hand auf unsere Schultern legte. Hinter uns stand ein Paar, das wir noch nie gesehen, geschweige denn bei unserer Aktion bemerkt hatten.“

„Glaubt mir“, ergänzte Chris, „am liebsten wäre ich im Boden versunken, so sehr habe ich mich geschämt. Die beiden sprachen uns ganz freundlich an, taten so, als wäre unser Lauschangriff das Normalste von der Welt und luden uns auf ein Getränk in die Bar ein. Wie sich herausstellte, waren die beiden schon oft in dem Domina-Studio gewesen, hatten viel Erfahrung mit dieser Art von Lust, die wir bis dahin noch nie ausprobiert hatten. Sie sind, unter uns gesagt, richtige S/M Fetischisten, die es außerdem lieben, wenn man sie dabei beobachtet. Aber das haben wir erst später erfahren. Sie spürten wohl unsere Neugierde, was bei unserer nicht unentdeckt gebliebenen Aktion ja auch kein Wunder ist. Zu wissen, dass sie wussten, was sich hinter der verschlossenen Tür abspielt, weckte in uns das Verlangen, etwas mehr darüber von ihnen zu erfahren. Was soll ich lange darum herum reden: Je mehr die beiden davon erzählten, wie sehr es ihnen Spaß machte, sich dem anderen zu unterwerfen oder ihn zu dominieren, dabei von Strafe, Belohnung und Schmerzen sprachen, die sich in unendliche Begierde wandeln, umso deutlicher spürte ich einen erotischen Reiz, allein beim Zuhören. Wir hatten schon so vieles ausprobiert. Rainer und ich sind sexuell offen, aber bisher hatten S/M Praktiken noch keinen Einzug in unsere sexuelle Fantasie oder Praxis gehalten. Umso mehr war besonders ich interessiert daran, von den beiden zu erfahren, welchen Reiz sie daran empfanden."

Chris nahm einen tiefen Zug von ihrer Zigarette, was Rainer zum Anlass nahm, uns weiter zu berichten. Er drückte Chris' Hand und wandte sich Peter zu.

„Weißt du, die beiden haben uns an diesem Abend verbal in diese Praktiken oberflächlich eingewiesen und sicher auch zur Kenntnis genommen, wie Chris dabei unruhig auf dem Stuhl hin- und her rutschte. Ihre aufkeimende Geilheit, die ihre Beschreibungen bei ihr auslösten, konnte sie nicht verbergen. Die beiden boten uns an, dass wir gemeinsam mit ihnen das „Domina-Studio" besuchen könnten. Das heißt, sie luden uns ein, bei einer ihrer ´Sessions`, wie sie es nannten, als Zuschauer teilnehmen zu können."

„Wow", entfuhr es mir spontan.

„Habt ihr die Einladung angenommen?"

„Was denkst du denn? Natürlich haben wir das, denn wann bekommt man mal dazu die Gelegenheit, in die S/M Szene einfach mal hinein zu schnuppern! Ulf und Karin, so heißen die beiden, hatten nur eine Bedingung daran geknüpft, nämlich die, dass wir nur als Zuschauer im Hintergrund zu bleiben hätten. Wir bekamen die Auflage, uns nicht an dem Dargebotenen zu beteiligen und hatten lediglich Erlaubnis, jederzeit das Studio verlassen zu können, wenn wir keinen Zugang zu dieser Lust empfinden würden. Eine Woche später trafen wir uns wieder hier und erlebten einen Abend, der uns eine neue Tür öffnete, nicht nur die zum Zimmer, sondern auch zu einer neuen Lustwelt. Seitdem benutzen auch wir regelmäßig diesen Raum, in dem wir alles finden, was uns immer wieder neu inspiriert. Dabei war uns bis dato diese Welt auch völlig unbekannt, hat uns aber ungemein angemacht. Seitdem lieben wir auch diese Spielart."

„Stimmt", pflichtete Chris ihm bei.

„Wenn wir nicht am besagten Abend mit dem Ohr an der Tür gestanden hätten, wäre diese wohl für immer für uns verschlossen geblieben."

„Was habt ihr denn dort als Zuschauer geboten bekommen?", versuchte ich herauszufinden.

„Sei mir nicht böse", antwortete mir Rainer, „ich sehe zwar, wie neugierig du bist, was ich mal als ein Zeichen deiner Offenheit bewerte und mir an dir gefällt, aber das kann man nicht so einfach mit ein paar Worten, nach dem Motto: „learning by doing" erklären und beschreiben. Am besten ist, dass du das selbst herausfindest. Solltest du offen für neue Erfahrungen in der Sexualität sein, die über das Normale hinausgehen, und das seid ihr ja beide, sonst wärt ihr ja nicht hier, bedeutet das aber auch, dass man einen Partner hat, dem man sich völlig ausliefern oder dominierend gegenüber verhalten kann und will. Um das ausleben zu können, braucht es dazu einer Einführung. Es geht nicht darum, einfach mal die Peitsche zu schwingen, denn selbst das muss erlernt und ausgehalten werden. Man muss die Gebrauchstechniken der Spielzeuge beherrschen, gewisse Anatomiekenntnisse haben, denn schließlich geht es hier auch um körperliche Züchtigung. Da sollte man schon genau wissen, welche Behandlungen gefährlich werden können. Es geht um Schmerzen und Verletzungen, die man dem anderen zufügen kann. Es gehört viel mehr dazu, als man sich landläufig ausmalt und die eigenen Vorurteile hergeben. Solltet ihr wirklich daran Interesse haben, so kann ich den Kontakt zu Ulf und Karin herstellen. Ich kann mir vorstellen, dass sie auch euch Anteil und Einführung in die S/M Praxis geben werden, denn wie gesagt, die beiden lieben es, Zuschauer zu haben. Das gibt ihnen zu allem den besonderen Kick."

Peter zog mich zu sich herüber. Bevor ich zustimmen konnte, zügelte Peter meine Euphorie, dem Ziel bald näher zu sein, meine Neugierde gestillt zu bekommen.

„Lasst uns das alles erst einmal hier verdauen. Das war unser erster Abend in einem Swinger-Club. Ich möchte erst einmal in aller Ruhe mit meiner Frau darüber reden können, ob wir noch einmal hierhin wiederkommen werden und wenn ja, ob wir wirklich alle Räume hier nutzen wollen."

„Natürlich, macht das. Das war ja lediglich ein Vorschlag, und ich denke, dass wir uns hier wieder über den Weg laufen werden, solltet ihr wiederkommen, denn wir sind wirklich öfters und regelmäßig hier. Sprecht uns dann einfach darauf an, und dann werden wir sehen, ob die beiden auch euch einladen werden."

Mit einem Kuss auf die Wange verabschiedeten wir uns voneinander und fuhren schweigend nach Hause. Wir hingen beide unseren eigenen Gedanken nach. Ich weiß nicht einmal, woran Peter bei der Heimfahrt dachte, denn ich vermied es, ihn erneut nach seinen Gedanken zu fragen. Bei mir lief ein Kopfkino ab, das sich mit den real erlebten Stunden im Swinger und der Fantasie mischte, was sich wohl in dem Studio abspielen könnte.

Überrascht war ich, wie sehr mich die Vorstellung packte, selbst einmal den etwas härteren Sex auszuprobieren zu wollen. Dabei sah ich mich nicht als eine Peitsche schwingende Domina, sondern als eine einem Herrn dienende Sklavin. Zumindest war es das, was ich in etwa von S/M gehört hatte. Dass dazu wohl auch Schmerzen gehörten, schreckte mich nicht ab, im Gegenteil, ich wollte wissen, was diese auslösen können, wenn sie nicht als Ausdruck von Krankheit erlebt wurden. Schmerz als sexueller Reiz war mir unbekannt, aber ich brannte darauf zu erfahren, wie ich ihn am eigenen Leib erleben würde.

Von all diesen geheimen Gedanken erzählte ich Peter an diesem Abend nichts mehr. Zugegeben, ich wollte mir selbst erst einmal selbstbewusst eingestehen können, dass mich die Erzählung der beiden geil gemacht hatte. In dem Moment hatte ich noch nicht den Mut, Peter gegenüber einzugestehen, dass ich ihm gerne einmal als Sklavin dienen würde. Vielleicht weil ich mir auch da noch nicht bewusst war, was alles dazu gehört und welche Ausmaße es nehmen kann. Sicher war ich mir jedoch, dass er gut den dominanten Part übernehmen kann, denn zurückhaltend ist Peter nie, wenn er mit mir schläft. Er kann zwar durchaus zärtlich sein, aber er gibt dem sogenannten Kuschelsex nicht den Vorzug im Bett.

Als wir abends eng umschlungen nebeneinander im Bett lagen, ließen wir nur kurz den Abend im Swinger-Club Revue passieren. Peter flüsterte mir zu, was ihm besonders gefallen hatte und dass er glücklich sei, in mir eine Partnerin gefunden zu haben, die durch ihre Unvoreingenommenheit diesen Abend erst möglich gemacht hätte.

Ich gab ihm dieses Kompliment zurück, denn ich bin mir sicher, dass man diese offene Art der Sexualität nicht mit jedem Partner erleben kann. Ich beichtete ihm, dass es mir einen besonderen Reiz gegeben hatte, meine Lust mit anderen praktizieren zu können, mit dem Wissen, dass er dabei ist und beobachtet, wie mir ein anderer

Mensch einen Orgasmus schenkt. Dass er dies auch als Erfüllung erlebt hatte, machte mich besonders glücklich, ganz abgesehen davon, dass es meiner Geilheit die besondere Schärfe gab.

Kapitel 2
Theater der Lust

Es vergingen drei Wochen, in denen Peter und ich nicht mehr viele Worte über den Abend im Swinger-Club verloren. Allerdings hatte ich den Eindruck, dass seit diesem Abend unser Sex fantasievoller und intensiver wurde. Immer wieder passierte es, dass Peter oder ich das "dirty talking" immer mehr in unsere sexuellen Spiele einbrachten. Dabei erregten wir uns mit Worten, die uns an Erlebtes aus dem Pärchen-Club erinnerten.

„Weißt du noch, wie Chris deine Beine spreizte, um ihre Zunge tief in dich eindringen lassen zu können. Meine Hände, die dich nun berühren, sind ihre. Kannst du dir das jetzt vorstellen? Lass dich gehen, Süße. Rainer und ich sehen dabei zu!"

Oh, wie sehr mich das anmachte, wenn er mir solche Bilder wieder hervorholte. Sofort war wieder ich in die Stimmung eingetaucht, die mich damals trug. Dabei sah ich das Bild vor mir, das sich mir damals bot: Chris' Kopf, der sich zwischen meine geöffneten Schenkel schob, ihre Zunge, die begierig mit dem Spiel begann, zu dem sie meine Klitoris aufforderte, sich dem Verwöhnen hinzugeben. Während Peter mich streichelte, flüsterten mir seine Worte ins Ohr:

„Sieh zur Seite, meine Liebe, schau auf Rainers Penis, wie er bei dem Anblick, den Chris und du ihm bieten, in seiner Hand zuckt. Halte dein Gesicht hin und rieche meine Lust!“

So oder ähnlich wiederholten wir unsere Liebesnacht mit unseren Paten in unseren ausgesprochenen Gedanken und wurden nicht satt davon. Von daher überraschte es mich nicht, als Peter eines Abends, nachdem wir ausschweifend und begierig miteinander geschlafen hatten, das Thema wieder auf den Swinger-Club brachte.

„Ich habe das Verlangen, noch einmal mit dir in den Club zu fahren. Magst du?“

Ich räkelte mich gerade an seinen warmen Körper und schmiegte mich in seine Arme, die sich zärtlich um mich legten. Mein Herz, das noch schneller nach diesem Liebesakt schlug, beruhigte sich allmählich in seiner Nähe. Mein schwitzender Körper sog zusätzlich seine Körperwärme förmlich auf, so dass das Zittern der Erschöpfung und der des leichten Fröstelns, das meinen nackten Körper erfasst hatte, nachließ.

Seine Worte, die sein Bedürfnis nach einem erneuten Besuch im Swinger-Club ausdrückten, schossen wie ein Pfeil in meinen Unterleib. Ein untrügliches Zeichen dafür, wie sehr ich selbst dieses Verlangen hatte. Immer mal wieder hatte ich selbst daran gedacht, mit Peter noch einmal ein paar schöne Stunden dort zu verbringen. Der Gedanke daran war getragen von der Neugierde, jeden einzelnen Raum in diesem Club kennenzulernen und dort mein sexuelles Verlangen mit ihm und eventuell anderen, die dort sein würden, realisieren zu können. Dabei war mir ja selbst nicht einmal bewusst, wie mein körperliches Verlangen aussah. Wer weiß schon von sich selbst, wo die individuellen Grenzen liegen?

Ich verspürte einen großen Reiz darin zu erfahren, ob ich wieder neue Seiten an mir entdecken würde, wie auch beim ersten Besuch des Swingers, als ich erfahren durfte, wie sehr mich eine andere Frau leiten konnte. Dabei hatte ich nicht einmal vermisst, einen Mann spüren zu können. Einzig die Nähe meines Partners war mir dabei total wichtig gewesen und fachte meine Hemmungslosigkeit noch mehr an. Zu wissen, dass er zusieht, wie ich von einer anderen Frau geliebt werde, hatte schon mehr als einen Höhepunkt entfacht. Ich weiß nicht, warum nicht ich es war, die schon längst in den vergangenen Wochen dieses zur Sprache gebracht hatte. Vielleicht wollte ich auch ganz einfach, dass er es als erster anspricht. Möglich war auch, dass ich ihm damit unbewusst dokumentieren wollte, wie sehr ich seiner sexuellen Führung bedurfte. Peter betonte zwar immer, dass ich eine aktive und hemmungslose Liebhaberin sei, aber ich mag es, seine Dominanz zu spüren und mich ihm in sexueller Hinsicht total anzuvertrauen, so dass ich mich seiner Begierde ausliefern und davon leiten lassen kann. Ich gestehe, dass ich dabei nicht verleugnen kann, dass es mich selbst hochgradig befriedigt, seine Lustdienerin zu sein, die seine Wünsche erkennt und sie zu den meinen macht, so dass ich meine doppelt stark empfinden kann.

„Ja, ich würde gerne wieder einmal mit dir in den Club fahren“, druckste ich etwas herum, denn ich hatte noch etwas mehr zu diesem Thema zu sagen und auf dem Herzen, was Peter, der mich gut kannte, sofort bemerkte.

„Was ist los, meine Liebe, was möchtest du mir dazu sagen?"

„Weißt du, Peter, ich habe daran auch schon öfters gedacht, aber ich habe einen Wunsch."

„Welchen denn?", fragte er mich leise und biss mir auffordernd zärtlich in den Hals.

„Wenn ich mit dir in den Club fahre, dann möchte ich eine Regel dazu aufstellen. Damals haben uns Rainer und Chris alle Räume gezeigt...na ja, zumindest fast alle. Ich möchte mit dir nicht nur noch einmal in den Club fahren, sondern so oft, bis wir alle Zimmer dort einmal für unsere Lust benutzt haben. Ich will alles dort mit dir kennenlernen und ausleben können."

„Auch das „Domina-Studio?"" Während er dies aussprach, kniff er mir in eine Brustwarze, so dass ein leichter Schmerz meinen Körper durchzuckte.

„Wenn du dort mit mir weiter machst, womit du gerade angefangen hast, will ich auch dort mit dir sein", erwiderte ich seine Frage, die mich wieder leicht erröten ließ. Ich ärgerte mich sehr, dass ich so schnell zu durchschauen war.

Peter antwortete erst nicht, sondern ließ einige Minuten des Schweigens verstreichen.

„Ich kann mir nicht vorstellen, dass ich mich einer Domina unterwerfe und erst recht nicht, dass du eine verkörpern kannst, aber das ist sicher für die Benutzung des Raumes keine zwingende Voraussetzung. Ich bin sicher, dass dort auch dominante Herren agieren dürfen, wenn sie eine unterwürfige Sklavin zur Seite haben. Außerdem bist du dir doch auch wohl schon klar, dass dir der unterwürfige Part besser steht."

„Weißt du Peter, lass uns einfach sehen, ob wir dieses Zimmer wirklich betreten wollen. Ich dachte einfach nur, dass es reizvoll sein könnte, bei jedem Besuch etwas anderes im Schloss erleben zu können. Ich möchte, dass diese Besuche etwas ganz besonderes für uns sind und nicht unbedingt zur Routine werden, die wir unbedarft einsetzen, um unser Sexleben anzuheizen. Um den Abenden einen besonderen Inhalt zu geben, geht das sicher am einfachsten über den Weg, dass wir uns von den einzelnen Themen der Räume im Club inspirieren lassen."

Peter schien nicht abgeneigt zu sein, zumindest drückte sein Gesichtsausdruck nichts Gegenteiliges aus. Ohne überhaupt eine Minute nachzudenken, antwortete er mir spontan.

„Dann knüpfe ich aber auch daran eine Bedingung."

„Welche?", blickte ich ihn fragend an, hoffend, dass das Thema „Domina-Studio" erst einmal nicht an seine Bedingung geknüpft war.

„Abgemacht, wir werden uns nach und nach jeden Raum im Swinger-Club erobern. Ich möchte aber, dass wir uns an dem Abend bevor wir losfahren, abwechselnd sagen, welcher Raum es am jeweiligen Abend sein soll. Der andere muss dann die Offenheit haben, diesem Wunsch zu entsprechen. Natürlich auch dann wieder mit der Prämisse: Alles ist erlaubt, nichts zwingend. Sollte einer von uns sich unwohl fühlen oder nicht die Bereitschaft haben sich dem hinzugeben, was sich dort abspielt, brechen wir ab und gehen in der Bar noch ganz entspannt einen trinken."

„Abgemacht! Ganz in meinem Sinne! Wer darf denn beim nächsten Besuch bestimmen, welcher Raum es sein soll?", erwiderte ich erleichtert und in aufgeregter Vorfreude.

„Ich, natürlich, meine Liebe. Lass uns an dem kommenden Freitag fahren. Wenn wir vor der Tür des Clubs stehen, werde ich dir sagen, in welchem Bereich des Clubs ich dich glücklich machen werde."

Wieder schossen seine Worte durch meinen Leib.

„Das ist wirklich eine tolle Idee von dir! Ich freue mich schon auf die Abende mit dir im Club, aber dir ist schon klar, dass wir dann einige Besuche vor uns liegen haben. Ich erinnere nur an das „Theater der Lust", die „Dunkelkammer", an das Zimmer, das mit Matratzen ausgelegt war, wo wohl jeder mit jedem..."

„Ja, ich weiß, du meinst den „Palast der Lüste". Zumindest stand das auf dem Schild vor der Tür. Und vergiss nicht das „Domina-Studio"", grinste er viel sagend vor sich hin.

„Nicht zu vergessen den „Massage-Salon", aber den kennen wir ja schon!", versuchte ich wieder vom S/M Thema abzulenken.

Irgendwie schämte ich mich erkennen zu lassen, dass

mich gerade diese, mir bis dahin völlig unbekannte sexuelle Richtung, so stark interessierte und beschäftigte.

In der folgenden Woche gingen wir wieder unserem Alltag nach und kamen nicht mehr auf das Thema Swinger-Club. Dennoch fand er immer wieder Raum in meinen Tagträumen. Je näher es auf den Freitag zuging, desto aufgeregter wurde ich. Mir schoss durch den Kopf, dass ich einen nachmittäglichen Bummel in der Stadt, zu der mich meine Freundin eingeladen hatte, dazu nutzen wollte, mich nach einem sexy Outfit für diesen Abend umzusehen. Jetzt, wo ich bereits Erfahrung mit diesem Club hatte, fühlte ich mich sicherer und wollte etwas Gewagteres tragen als Slip und Hemdchen wie beim ersten Besuch im Club. Nur schade, dass ich nicht wusste, in welches Zimmer Peter mit mir gehen wollte, denn demnach hätte ich etwas gezielter Ausschau nach angemessener Kleidung halten können. In der „Dunkelkammer" hätte ich sicher nicht so viel Aufhebens gemacht, neue und besondere Reizwäsche zu finden, dachte ich grinsend in mich hinein.

Zwei Stunden früher als zur verabredeten Uhrzeit, zu der ich meine Freundin treffen wollte, fuhr ich los und steuerte das einzige Dessous-Lädchen in unserer kleinen Stadt an. Mein Selbstbewusstsein drohte mich zu verlassen zwischen all den Kleiderstangen und Regalen, auf denen BHs, Slips, Korsagen und andere erotische Versuchungen ausgestellt waren, deshalb versuchte ich mich erst einmal zu orientieren. Es dauerte nicht lange, da fiel mein Blick auf eine schwarze Korsage, die ich mit in die Umkleide nahm und anprobierte.

Mir blieb selbst etwas der Atem weg, als ich mich im Spiegel sah. Durch die Schnürung am Rücken saß es wie angegossen, betonte meine schlanke Taille und schmiegte sich wie eine zweite Haut auf die meine. Das BH-Oberteil war geschneidert aus einem Hauch von Spitze, das meine dunklen Brustwarzen durchscheinen ließ. Dass meine Brüste und die auffallend dunklen Brustwarzen von dem leichten Stoff umhüllt waren und dennoch mehr als nur angedeutet sichtbar waren, sah besonders erotisch aus. Da der Stoff glänzend war, hatte das den Effekt von einem BH, der von Wasser benetzt durchsichtig geworden war. Ich fand das viel verführerischer, als nackten Busen zu zeigen. Von Spitze umrandet war ebenso der knappe Teil der Korsage, der in den Slip mündete. Meine Pobacken lagen frei, denn nur ein schmaler Streifen Stoff zog sich von hinten nach vorne durch und verbreitete sich zu einen knappen Dreieck, das meinen Venushügel bedeckte. Der Stoff war aus Seide, tiefschwarz und glänzend. Um die Korsage zu öffnen, konnte man eine Reihe von Häkchen aus den Ösen lösen, die von der Brust bis zur Scham verliefen. Ich war begeistert. Das Kaufen dieses Teiles war beschlossene Sache.

Vergnüglich traf ich meine Freundin im Café, wo sie schon auf mich wartete.

„Was siehst du denn so aufgewühlt auf?“, zwitscherte sie mir mit ihrer hohen Stimme entgegen.

„Ach, ich freue mich nur, dich zu sehen. Ist ja schon

eine Zeit her, seit wir uns gesehen haben, Beate. Hoffe, dir geht es gut?", versuchte ich von meinem Aufgekratztsein abzulenken, das ihr nicht entgangen war.

„Das dachte ich, zumindest bis ich dich gesehen habe. So vergnüglich wie du aussiehst, scheint es dir besser zu gehen. Susanne, mache mir doch nichts vor, irgendwas ist passiert. Und ich würde nicht Beate heißen, wenn ich es nicht gleich von dir erfahre. Also versuche erst gar nicht, mir nicht von A bis Z zu erzählen, warum du so aufgekratzt wirkst."

Ohne mir allerdings die Zeit auf eine ausweichende Antwort zu geben, griff sie schon nach der Tüte, in der die Trophäe meines Einkaufs lag. In punkto Neugierige gibt es nicht viele Menschen, die mich toppen können, aber Beate ist unerreichbar in diesem Punkt. Selbst Klaus, ihr Ehemann, nennt sie das personifizierte Fragezeichen. Deshalb nahm ich es ihr auch nicht lange übel, dass sie ungefragt mit spitzen Fingern in meine Einkaufstüte griff, ohne einen Blick hineinzuwerfen. Sie fingerte hinein und nach einem kurzen Moment erhellte sich ihr Blick, als ihre Finger ertastet hatten, worum es sich ihrer Meinung nach handeln könnte. Sie hatte im wahrsten Sinne des Wortes wieder einmal ins Schwarze getroffen.

„Eindeutig Seide, viel, viel Spitze! Ich wette, ich fühle die Farbe Schwarz, vielleicht auch Rot, da bin ich mir noch nicht so sicher. Was ist los, Susanne? Entweder musst du deinem Peter etwas auf die Sprünge helfen oder.....nein! Jetzt habe ich es! So aufgewühlt, wie du aussiehst, kann es nur eins bedeuten! Oh Gott, du hast einen heimlichen Liebhaber! Herr im Himmel! Susanne, wer hätte das von dir gedacht!", und an den vorbei laufenden Kellner gerichtet sagte sie:

„Zwei Piccolo, bitte. Meine Freundin und ich haben etwas zu feiern!"

Spätestens jetzt schoss mir wieder die Schamesröte ins Gesicht. Für einen Moment war ich sprachlos. War die Tatsache, dass man sich ein Dessous kaufte immer ein Indiz dafür, dass man entweder seinem Mann, wie Beate es nannte, auf die Sprünge helfen musste oder einen Liebhaber hatte? Hatte das eben die Verkäuferin im Geschäft auch gedacht und war ihr Lächeln beim Kassieren nicht nur freundlich, sondern süffisant?

„Jetzt werde nicht rot, sondern gib mir endlich die Antwort auf meine Frage. Erstens: Wie lange kennst du ihn? Zweitens: Wer ist es? Drittens: Gibt er dir das, was du brauchst? Und Viertens, die Mutter aller Fragen, bezogen auf ein Verhältnis: Ist es was Ernstes?"

Wieder ließ sie mich nicht zu Wort kommen, sondern fuhr gleich mit ihrer Ansprache fort, zu der ihre Fragen geworden waren, während sie noch immer, scheinbar gedankenverloren blickend, ihre Hände über den Stoff meiner Korsage gleiten ließ, die während der ganzen Zeit ihrem Blick verborgen, in der Tüte auf ihrem Schoß lag.

„Wenn es dir ernst ist, dann vergiss es, meine Liebe, denn dann macht es auf Dauer keinen Spaß und bringt zusätzlichen Stress in dein Leben!"

Beate hatte so ihre eigene Lebensphilosophie. Ihre Leichtigkeit, mit der sie das Leben zu meistern schien, lautete: Warum es sich schwer machen, wenn es leicht geht.

„Du redest so, als hättest du da deine eigenen Erfahrungen schon mit einem Verhältnis gemacht."

Sie ignorierte meine Bemerkung, zuckte nicht einmal mit der Wimper. Obwohl kein Grund für ihre Annahme bestand, fühlte ich mich dennoch irgendwie ertappt. Dabei wäre Beate die einzige gewesen, der ich mich anvertrauen würde, wenn ihre Vermutung gestimmt hätte. Sie war absolut loyal mir gegenüber, eine perfekte Problemlöserin und trotz ihres lockeren Mundes besonnen. Sie konnte perfekt zuhören, auch wenn es in diesem Moment nicht den Anschein hatte. Trotz ihrer Neugierde war sie verschwiegen, wenn es darauf ankam, allerdings konnte man ihr nicht ausweichen, wenn sie einen erst einmal ins Verhör genommen hatte. Sie konnte unerbittlich ihre Fragen wie Pfeile abschießen, duldete keine ausweichenden Antworten und erst recht keine Gegenfragen. Gesprächspausen ließ sie nicht zu.

„Es ist nicht so, wie du denkst", versuchte ich sie zu bremsen.

„Dann erzähle mir, wie es ist."

Ich wollte gerade ansetzen, als in dem Moment unser Piccolo gebracht wurde. Punktgenau dazu zog Beate meine Korsage ein Stück aus der Tüte heraus. Länger als nötig, schüttete der Kellner unsere Gläser ein, während seine Augen interessiert auf das sahen, was Beate in ihren Händen hielt. Er konnte es sich nicht verkneifen, sie mit einem eindeutigen Nicken zu beglücken. Hätte er sie in diesem Moment nach ihrer Telefonnummer gefragt, hätte mich das nicht überrascht, denn Beates Antwort auf sein grinsendes Nicken war dazu einladend. Ich stieß sie leicht mit meiner Fußspitze an, um sie wieder ins Hier und Jetzt zurück zu holen. Das, was zwischen den beiden in diesen wenigen Minuten ablief, konnte man als Flirten bezeichnen. Interessant wie leicht ein bisschen Stoff, das eine Frau durch ihre Finger gleiten ließ, einem Mann auf die Sprünge helfen konnte, um es einmal mit Beates Worten auszudrücken. Neidvoll musste ich anerkennen, wie leicht es Beate fiel, einem Mann schöne Augen zu machen. Das ganze Leben schien für sie ein Kinderspiel zu sein. Wenn ich richtig sah, zog sich der Kellner mit einem zwinkerndem Auge zurück, das er Beate schenkte.

„Eindeutig schwarz!"

„Jetzt erzähle mir keine Märchen. Schwarz bedeutet Liebhaber!"

Ich musste jetzt lachen und versuchte sie nun meinerseits aus der Reserve zu locken:

„Aha, du scheinst aus der Praxis zu sprechen. Gibt es da etwas, was ich wissen sollte?"

„Lenk nicht ab, du geheimnisvolle Freundin. Du hast meine Fragen noch nicht beantwortet."

Mit langsamen Schlucken aus dem Sektglas, versuchte ich meine Fassung wiederzugewinnen und zögerte noch etwas, um mit der Wahrheit herauszukommen. Andererseits, was sollte schon dabei sein, ihr von meiner Erfahrung aus dem Swinger zu erzählen, schließlich war sie meine beste Freundin und kein Kind von Traurigkeit. Sie wusste, wie Sex geht und war aufgeschlossen genug, mit mir darüber zu reden.

„Na gut, dann lass mich erzählen und versuche mal ausnahmsweise nicht, mich dauernd mit deinen Fragen zu unterbrechen. Jetzt lass doch endlich mal meine Tüte los. Langsam wird das ja peinlich, wenn du meine Korsage dem Kellner unter die Nase hältst. Wenn du so weitermachst, wird das Ding hier noch Gegenstand einer Anzeige öffentlichen Ärgernisses. Es war schon teuer genug!"

Lachend stellte Beate die Tüte neben sich auf den freien Stuhl, nahm einen Schluck Sekt aus ihrem Glas und deutete mir leicht auf dem Stuhl vorgebeugt an, dass sie von jetzt ab eine gute Zuhörerin sein würde.

„Peter und ich sind vor ein paar Wochen das erste Mal in einen Swinger-Club gefahren. Das war der reinste Wahnsinn! Ich hätte selbst nicht gedacht, wie anregend und erotisch ich das fand. Es hat nicht lange gedauert und ich habe dort alle Hemmungen über Bord geworfen."

Beate schaute mich überrascht an.

„Schwester", so nannte sie mich immer, wenn es vertraulicher wurde:

„Wieso erfahre ich das erst jetzt und was hat das mit dem Teil hier zu tun?", fragte sie, auf meine Tüte deutend.

„Du sagtest, dass ihr in einem Swinger wart. Das schöne Teil hier aber lässt vermuten, dass ihr mit dem Besuch auf den Geschmack gekommen seid und weitere Besuche plant. Warum hast du mir das nicht schon früher erzählt?"

„Also bitte, der Besuch eines Swinger-Clubs ist für mich nicht so selbstverständlich, wie das Einkaufen in einem Supermarkt. Bei aller Offenheit zwischen uns, bisher hatte sich noch nicht die Gelegenheit ergeben, es dir zu erzählen und am Telefon wollte ich es nicht. Außerdem war ich mir unsicher, wie du darauf reagieren würdest."

„Schwester", wiederholte sie.

„Mir ist nichts fremd. Der Besuch in einem Swinger-Club hat doch nichts Anrüchiges an sich. Außerdem bist du meine beste Freundin und musst mir nichts hinter vorgehaltener Hand erzählen. Jetzt sage ich dir mal was, was dich vielleicht locker macht. Bevor ich mit Klaus zusammen war, haben mein vorheriger Freund und ich auch mal des Öfteren einen Club besucht. Allerdings wurde es mit der Zeit etwas problematisch, weil ich darin eine gewisse Routine erkannte, mit der die Besuche unser Sexleben gestalteten. Andy schien mit der Zeit nur noch Lust empfinden zu können, wenn er Zuschauer hatte und freie Auswahl an Partnerinnen. Irgendwann war mir das zu viel, denn er scherte sich einen Dreck darum, ob ich mit diesem Verhalten einverstanden war. Schließlich heißt es nicht umsonst Paarclub. Ich wollte das schon alles gemeinsam erleben und nicht nur der

Mittel zum Zweck sein, um Zutritt in den Swinger zu bekommen. Aber solange man sich gegenseitig bei den Besuchen im Auge hat und auch die Veränderungen erkennt, die sich in die Beziehung einschleichen können, und die vielleicht nicht immer positiv sind und versucht sich damit offen auseinanderzusetzen, macht es wirklich Spaß und bereichert auch das sexuelle Zusammensein in den eigenen vier Wänden. Na ja, in meinem Fall, solange man sich auch als Paar genug sein kann. Wenn es anfängt, dass man nur noch Gefallen aneinander findet, wenn andere dabei sind, wird es problematisch für die Beziehung. Finde ich jedenfalls, aber das muss ja nicht auf jedes Paar zutreffen. Hauptsache, beide sind glücklich."

Gewiss, ich war schon etwas enttäuscht, dass ich Beate scheinbar nichts Interessanteres zu berichten hatte. Auf der anderen Seite war ich froh, dass ich in ihr zu diesem Thema eine Gesprächspartnerin gefunden hatte, die aus dem eigenen Erfahrungsschatz schöpfen und sich in mein Thema damit einbringen konnte. Ich saß also der perfekten Gesprächspartnerin für das Thema, das mich die letzten Wochen so beschäftigt hatte, gegenüber. Sollte ich es auch wagen, sie zu fragen, ob sie auch mal Erfahrung im S/M Bereich gemacht hatte?

Mein Gott, warum beschäftigte mich dieses Thema nur so sehr? Es wurde ein langer Nachmittag, bei dem Beate und ich uns angeregt austauschten. Sie berichtete mir von ihren Club-Besuchen und riet mir, mich nicht allzu persönlich dort einzugeben.

„Weißt du, Schwester, den Gästen dort geht es um Sex und nur um Sex. Es ist den meisten nicht wichtig, welche Partei du wählst oder wann deine Kinder zum ersten Mal durchgeschlafen haben."

„Darf ich dich daran erinnern, dass ich keine Kinder habe?"

„Jetzt leg doch bitte nicht wieder jedes Wort auf die Goldwaage. Du weißt doch, was ich dir damit sagen wollte. Ich will dir doch nur klar machen, dass du dort keine Freundschaften suchen sollst. Alle, die in einen Swinger gehen, suchen sexuelle Bekanntschaften, die dort aufhören, wo sich die Türe des Swingers hinter ihnen schließt, wenn sie den Club verlassen. Nur so ist es sexuell unverkrampft und für alle Beteiligten unproblematisch. Natürlich vorausgesetzt, man ist sich in seinem gemeinsamen Tun innerhalb der vier Wände sympathisch. Eine gewisse Wahrung der Anonymität schützt auch vor Verletzungen, hält Eifersucht fern und lässt zu, dass man den anderen sexuell ungehemmter begegnen kann. Du glaubst nicht, wie oft ich die Hand eines Gastes im Swinger von meinem Körper geschoben habe, weil mir dieser nicht angenehm war. Glaub mir, diese absagende Geste fällt einem leichter, wenn man mit dem anderen nicht zu sehr befreundet ist. Das wird von allen Swingern sofort verstanden und du darfst auch auf keinen Fall die Scheu haben, dies verständlich zu machen. Im Umkehrschluss bedeutet dies natürlich auch, dass du dir selbst nichts daraus machen darfst, wenn du einmal abgelehnt wirst. Nimm das nicht persönlich."

Und mit einem Lachen fügte sie hinzu:

„Und du glaubst nicht, wie oft ich Berührungen zugelassen habe, weil mir das, was sonst noch so an der Hand hing, ausgesprochen gut gefiel und gut getan hat. Ich habe es Andy nie gesagt, aber richtige Ekstase habe ich nur im Swinger erlebt, weil ich dort ohne Schranken nur meiner Lust frönen konnte. Wenn man liebt, ist das manchmal schwerer."

Beate musste selbst laut über diese Bemerkung lachen, obwohl mich gerade ihre letzte Bemerkung etwas nachdenklich stimmte.

Danach machte ihr Redefluss eine Verschnaufpause, die sie wohl dazu nutzte, ihren Erinnerungen nachzuhängen.

Bisher hatte ich nicht das Gefühl, dass ich sexuelle Erfüllung oder gar Ekstase in der Beziehung zu Peter vermisst hatte. Ich konnte mir auch nicht vorstellen, dass ich im Swinger sexuell offener agieren würde, als in den eigenen vier Wänden. Schließlich war es Peter, der mir erst diese Offenheit gegeben hatte, mich so zu verhalten, wie es mir meine Lust zu handeln vorgab. Mit ihm hatte ich erst meine wahre Lust entdeckt. Warum sollte das mit ihm im Swinger anders sein. Jedenfalls hatte ich beim ersten Besuch keine Veränderung in dieser Hinsicht erfahren. Der einzige Unterschied war, dass wir dort endlich die Möglichkeit hatten, unsere sexuellen Fantasien, die sich auch darum gekreist hatten, Sex gleichzeitig auch mit anderen zu haben, ausleben zu können.

Ich nutzte diese Unterbrechung, die im Gespräch entstanden war, um ihr von Rainer und Chris zu erzählen und erwähnte nebenbei Ulf und Karin, die die beiden in das „Domina-Studio“ eingeführt hatten.

„S/M? Und die haben die beiden zusehen lassen?“

Ich nickte meiner Freundin zu.

„O.K.! Du brauchst mir nichts weiter zu erklären. Ich kenne dich doch genau. Du willst es wissen, dann mach die Erfahrung und lass dich einweisen. S/M muss behutsam angewendet werden. Dafür braucht man Erfahrung, denn sonst kann es unangenehme Folgen haben.“

Wieder war ich an dem Punkt angekommen, an dem mir dieses Thema unangenehm wurde. Wiederholt hatte ich gehört, dass diese Spielart eine bestimmte Erfahrung voraussetzte und man sich ihr behutsam annähern sollte. Aber das war ein Gedankengang, der in meinem Kopf nicht existierte. Ich fühlte nur eine gewisse Neugier, die von Geilheit geprägt war, es ausprobieren zu wollen und mehr darüber zu erfahren.

„Wenn es dir im Swinger so viel Spaß gemacht hat, warum gehst du dann heute nicht auch mit Klaus in einen Club?“, versuchte ich von ihr zu erfahren.

„Weil Klaus nicht der Typ ist, der mich mit anderen Männern teilen kann. Mit ihm könnte ich höchstens eine andere Frau teilen, aber nicht einen anderen Mann. Klaus ist zu eifersüchtig.“

Abermals wurden wir im Gespräch vom Kellner gestört, der eine weitere Bestellung aufnehmen wollte.

Wieder warf Beate ihm ein aufforderndes Lächeln zu. Ich war mir sicher, sie würde sich gerne einen Mann mit Klaus teilen. Aber vielleicht spielte sie auch nur mit dem Feuer, weil sie wusste, wie schnell sie die Glut zum Glimmen bringen konnte. Während die beiden ohne Worte miteinander kommunizierten, schoss mir blitzartig die Fantasie durch den Kopf, dass ich es wäre, der sie diese Blicke zuwerfen würde. Auf einmal sah ich Beate als sexuelle Partnerin. Etwas überrascht darüber verwarf ich diese Vorstellung. Noch nie hatte ich meine Freundin so gesehen. Lag es daran, dass ich im Swinger zum ersten Mal in meinem Leben mit einer Frau geschlafen hatte? Hatte diese Erfahrung eine neue Tür zu meiner Lust geöffnet? Oder hatte ihre Aussage, dass Klaus sie höchstens mit einer anderen Frau teilen würde, mich dazu angeregt, solche Gedanken auf einmal zu denken? Klaus war dazu ein äußerst attraktiver Mann, den ich auch sexuell durchaus reizvoll fand. Mir vorzustellen, dass ich diese zweite Frau sein könnte, fiel mir nicht sonderlich schwer. Ich bremste meinen Gedankengang, denn ich arbeitete auf einmal an zu vielen Baustellen. Ich schien nur noch Sex im Kopf zu haben, rügte ich mich selbst.

„Wenn du es unbedingt wissen willst, dann scheinst du schon so eine Neigung in dir zu verspüren. Dann versuche doch, Kontakt zu diesen beiden zu bekommen, die Chris und Rainer zusehen ließen. Dass es dich anmacht, sollte dir den Mut geben zu erfahren, ob es dich auch beglückt. Was sagt denn Peter dazu?“, versuchte sie zu erfahren.

„Nun, er hörte den Ausführungen der beiden zu, aber äußerte sich nicht konkret dazu. Dabei bin ich mir sicher, dass es ihm gefallen würde, eine Lustsklavin zu haben, die ihm seine Wünsche erfüllt."

„Zeige mir den Mann, der dazu Nein sagen könnte, wenn man sich nur um ihn kümmern würde." Grinsend hob meine Freundin ihr Glas und prostete mir zu.

„Auf alle Männer, die sich bedienen lassen und unsere Lust damit bereichern."

Nach über zwei Stunden verabschiedeten wir uns, nicht ohne das Versprechen, welches ich ihr hoch und heilig geben musste, ihr sofort von einem eventuell weiteren Besuch im Club zu erzählen.

Endlich war der Abend des Freitags angebrochen, auf den ich mich schon die ganze Woche gefreut hatte. Während mein Mann unter der Dusche stand, zog ich mich für den Besuch im Swinger-Club um.

Passend zu meiner schwarzen Korsage zog ich schwarze halterlose Strümpfe mit Naht an und dazu schwarze High Heels. Mein langes blondes Haar hatte ich mit einer Spange hochgesteckt, einen dezenten Lippenstift aufgelegt, denn Peter mag es lieber dezent geschminkt. Sein Kompliment, als er mich sah, bestätigte meine Kleiderwahl.

„Du siehst umwerfend aus. Seit wann hast du denn diese Korsage? Ich bin ja fast eifersüchtig, dass du diese heute nicht nur für mich trägst."

„Ich trage sie nur für dich, denn ich will dir gefallen!"

Auch Peter gefiel mir, denn sein eng anliegender Slip, den er heute trug, betonte seine athletische Figur und seinen knackigen Hintern.

Gut gelaunt, etwas nervös und mit Hoffnung auf einen schönen Abend, fuhren wir los.

Im Wagen konnte ich meine Frage nicht zurück halten, die mir beim Aussprechen fast die Stimme nahm:

„Sag mir doch bitte, welchen Raum wir heute besuchen werden."

Peter schnalzte nur kurz mit der Zunge und schüttelte den Kopf. Er ließ mich in meiner Neugierde schmoren. Leicht verärgert drückte ich meinen Körper tiefer in das Leder des Wagensitzes und zeigte meinen Schmollmund.

„Ich sagte dir doch, dass ich dir das erst sagen werde, wenn wir vor der Tür stehen. Bis dahin, meine Liebe, musst du dich schon gedulden."

Ich vermied es, weiteres zu fragen oder zu sagen und wollte mich von jetzt ab an die Spielregeln halten, die wir aufgestellt hatten. Als wir vor dem Eingang des Swingers standen, beugte sich Peter zu mir herunter und ich hörte ihn in mein Ohr flüstern: „Ich will heute mit dir ins „Theater der Lust" gehen. Bis ich dich heute in der Korsage gesehen habe, wusste ich selbst noch nicht, worauf ich Lust habe. Aber dein kleines Schwarzes muss groß ausgeführt werden und was eignet sich dafür besser als ein Theaterbesuch?"

Mein Herz überschlug sich einige Schläge, meine Nervosität schlug um in Vorfreude auf die Vorführung, die wir heute wohl im Theater dargeboten bekommen würden.

Meine Hand haltend betrat Peter mit mir den Club und wieder wurden wir freundlich empfangen. Nachdem wir unsere Mäntel abgelegt hatten und Peter zurück aus der Umkleide zu mir kam, schenkte man uns ein Glas Sekt ein, mit dem wir zuerst in die Bar schlenderten.

Hier hatten sich schon viele Paare eingefunden, die allein an Tischen oder in Gruppen an der Bar saßen. Alle blickten interessiert auf eine kleine Bühne, die mir beim ersten Besuch noch gar nicht aufgefallen war. Zu Tom Jones' „It's cold outside" tanzte eine junge Frau allein auf dieser Empore, die aus allen Bereichen der Bar eingesehen werden konnte. Angestrahlt wurde die Bühne, die von schwarzem Samt ausgeschlagen war, von kleinen Spotleuchten, die alles in ein angenehmes Licht eintauchten.

Die junge Frau trug nur einen weißen String-Tanga, der sich kaum von ihrer samtartigen, weißen Haut absetzte. Noch nie hatte ich eine so eine hellhäutige Frau gesehen, deren blasse Haut jedoch anmutig aussah, betonte sie doch ihre natürliche Schönheit, die sie ungeschminkt zeigen konnte, ohne blass oder farblos zu wirken. Auffallend war ihre knabenhafte Figur, die sie akrobatisch, als wäre sie eine Schlange, um eine Stange wand, die von der Decke bis zum Boden auf der Mitte des Podiums befestigt war. Auch ich konnte meinen Blick nicht von ihrem biegsamen Körper abwenden, den sie gekonnt an der Stange in Szene setzte. Ihre kleinen Brüste waren fest, ihre Brustwarzen hart aufgerichtet und ungewöhnlich groß. Selbst aus einer gewissen Entfernung war das deutlich zu erkennen. Immer wieder presste sie, passend zum Rhythmus des Songs, ihren Bauch gegen die Stange, während sie ihren strammen Po dem Publikum zudrehte.

Dazu zog sie ein Bein hoch und umklammerte damit den Stab, so als zöge sie einen Mann zu sich heran. In dieser Position rutschte sie langsam herunter, ihren Venushügel gegen das kalte Metall gedrückt. Ihr Kopf dreht sich dazu hin und her, womit sie eine gewisse Erregung andeutete, in die sie geraten zu sein schien. Sie bot eine Show, in der die Stange auf der Bühne zu ihrem imaginären Liebhaber geworden war.

Ich hörte anerkennende Pfiffe, die vereinzelte Zuschauer verlauten ließen.

Mit einem festen Griff beider Hände zog sie sich wieder an dem Pfahl hoch, umschlang mit den Schenkeln die Stange und rutsche unendlich langsam herunter, bis sie auf den Boden kniete. Abermals beugte sie uns ihren Po entgegen, denn sie rutschte aus dieser Position mit ausgestreckten Händen flach auf den Boden. Dort blieb sie zunächst regungslos liegen, womit sie die Spannung steigerte. Erst jetzt sah ich, dass sie ihre Hände unter ihren Bauch schob. Ihr Becken hob und senkte sich daraufhin, und es entstand der Eindruck, dass die Frau sich vor den Augen aller Besucher auf der Bühne selbst befriedigte. Verstärkt wurde der Eindruck durch ihr leichtes Stöhnen, das nun hörbar wurde, da die Musik, zu der sie für uns alle getanzt hatte, ausgesetzt hatte. In diesem Moment war ich mir nicht mehr sicher, ob sie nur eine Show auf der Bühne aufführte, oder ob sie wirklich öffentlich und mit Lust vor uns onanierte. Jedenfalls sah es sehr eindringlich und echt aus. Sie ließ uns alle zu Voyeuren werden und tat selbst so, als fühle sie sich unbeobachtet. Je mehr sie ihre Aktion mit Lauten untermalte, desto stiller wurde es in der Bar. Kurz vor dem scheinbaren Höhepunkt hätte man eine Stecknadel auf dem Boden fallen hören. Jeder schien gefangen zu sein von dem Anblick, den sie uns bot. Ich blickte mich im Raum um und beobachtete die anderen Gäste. Ich sah Paare, die sich streichelten, andere küssten einander, ohne jedoch den Blick von der jungen Frau abzuwenden. Natürlich gab es auch solche, die scheinbar unbeeinflusst weiter an ihren Getränken nippten, allerdings waren das meist Frauen. Dabei ließen ihre aufgerichteten Brustwarzen, die hier und da unbedeckt waren, darauf schließen, dass hinter der gespielten Fassade der Gelassenheit Erregung lauerte.

Die Frau auf der Bühne schien sich langsam ihrem real empfundenen Höhepunkt entgegen zu winden, denn ihre Beckenbewegungen waren nun fast hektisch. Mit einem lauten Schreien deutete sie uns an, dass sie gerade einen heftigen Orgasmus haben musste, von dem sie sich langsam empor aufrichtete. Ihre Fingerspitzen griffen in das Höschen, das sie immer noch trug und rissen es mit einem plötzlichen Ruck nach unten über ihre Schenkel. Fast gleichzeitig beugte sie sich erneut weit nach vorne und zeigt allen Beobachtern ihrer Performance ihre feuchte Scham. Das war auch der Höhepunkt für alle Anwesenden, den sie mit lautem Klatschen zum Ausdruck brachten. Jetzt erst drehte sie sich uns mit ihrem Gesicht zu, das strahlte. Die vollen Lippen verzogen sich zu einem breiten Lächeln und sie strich sich mit beiden Händen durch ihre extrem kurzen Haare. Mit einem Satz sprang sie von der Bühne herunter und schmiss sich in die Arme eines Mannes, der sie umarmte und mit ihr zur Bar schlenderte, an der wir auch standen. So erfuhr ich, dass dies ihr Freund war, dem sie die Aufführung zum Geburtstag geschenkt hatte.

Ich blickte Peter an und erkannte in dessen Gesicht, dass die junge Frau wohl auch ihm mit dieser Darbietung ein Geschenk gemacht hatte, denn seine Augen glänzten und er blickte immer mal wieder verstohlen zu dem Paar.

„Wie ich sehe, hattest du schon deine Theatervorstellung."

Irgendwie konnte ich mir diese Bemerkung nicht verkneifen.

„War doch ganz nett, sie hatte es doch echt drauf, aber ihr Tanz mit der Stange war ja erst das Vorspiel. Die Hauptvorführung beginnt jetzt!"

Mit diesen Worten umfasste er meine Taille und schob mich vor sich her, hinaus auf den Flur, wo er das Zimmer „Theater der Lust" ansteuerte.

Wir blieben im Türrahmen stehen und verschafften uns erst einmal einen Überblick. Die fünf Stuhlreihen, die vor der mit rotem Samt dekorierten Bühne standen, waren bis auf wenige Sitze belegt. Wir gingen seitlich an diesen Reihen entlang und entdeckten in der zweiten Reihe noch drei freie Sitze, die mittig zur Bühne standen, auf denen wir Platz nahmen. Die ganze Zeit hatte ich noch nicht richtig zur Bühne geschaut, da ich in dem Raum hoffte, unsere Paten vom ersten Besuch zu finden. Aber weder hier, noch in der Bar konnte ich sie entdecken.

Jetzt, neben Peter sitzend, dessen Nähe ich genoss und dessen Geruch ich einatmen konnte, blickte ich auf das, was sich vor meinen Augen auf der Theaterbühne abspielte. Vor uns standen zwei Menschen, die sich eng umschlungen mit Zungenküssen liebkosten. Dieser Anblick ist an sich nicht außergewöhnlich und erst recht nicht in einem Swinger-Club, wo überall küssende Menschen zu sehen sind. Das Außergewöhnliche jedoch an dieser Konstellation war, dass es sich bei dem Paar um zwei Männer handelte. Was mich an diesem nicht alltäglichen Anblick daran am meisten faszinierte war die Tatsache, dass sich keiner der hier Anwesenden daran zu stören schien.

Seien wir doch mal ehrlich: An anderen Orten der Öffentlichkeit würden sich nicht viele Männer trauen, ihre Zuneigung durch einen Zungenkuss bekannt zu geben. Die Toleranz, die hier in diesem Rahmen herrschte, gefiel mir sehr.

Ich blickte interessiert auf die Bühne und nahm jede Regung und Aktion der beiden in mich auf. Die Zärtlichkeit ihres Zungenkusses unterstrichen sie mit behutsamem gegenseitigem Streicheln. Dabei berührten sie nur Gesicht, Arme und Rücken des jeweils anderen.

„Wenn die beiden gleich einen Akt auf der Bühne zeigen, weiß ich nicht, ob ich bis zum Ende der Vorstellung bleibe!", nuschelte mir Peter durch zusammen gebissene Zähne zu und ergänzte etwas lauter seine Aussage: „Die Vorstellung eben in der Bar hat mir besser gefallen, als das, was die beiden hier zeigen."

„Mir gefällt das ganz gut. Wären es zwei Frauen, die sich auf der Bühne küssen würden, würdest du sicher eine Zugabe verlangen. Lass mir doch auch mal das Vergnügen und dich gehen. Warum müsst ihr Männer gleich unter Homophobie leiden? Warte doch erst einmal ab, was passiert."

Ich fühlte beim Anblick der beiden Männer ein Kribbeln in meinem Bauch. Das Küssen und Streicheln, das sie vor unseren Augen ungehemmt austauschten, schien ich nicht nur visuell wahrzunehmen. Es war so, als würde ich selbst von den beiden geküsst und berührt werden. Eine Gänsehaut legte sich über meinen Körper, und ich konnte meinen Blick nicht abwenden. Zu meinen körperlichen Reaktionen gesellte sich meine Fantasie, die mich wähnen ließ, von den beiden ins Liebesspiel einbezogen zu werden. Wäre ich völlig ungehemmt gewesen und eine erfahrene Swingerin gewesen, hätte es mich nicht lange auf meinem Sitz gehalten. Meine Fantasie war immer einen Schritt weiter als die Handlung auf der Bühne. Zu gerne hätte ich mich als Regisseurin zu den Beiden gesellt, nicht ohne den Wunsch, ihnen zu zeigen, wie man bestimmte Szenen noch intensiver spielen könnte. Natürlich nicht ganz uneigennützig, denn ich hätte mich persönlich gerne mit Leib und Seele eingebracht. Mir fehlte dazu jedoch der Mut, obwohl ich wusste, dass hier auf dieser Bühne jeder aktiv werden und sich in Szene setzen konnte, der die Lust dazu verspürte. Zumindest hatten uns die Paten erklärt, dass die Aktionen auf der Bühne hier im „Theater der Lust" spontan sind und keiner Anleitung unterliegen.

An Inspiration mich in dieses Spiel einzufügen fehlte es mir absolut nicht, denn die beiden Männer verstanden es gut, meine geheimen Gelüste zu wecken. Wie viele andere Frauen träumte ich auch ab und zu davon, mich von zwei Männern gleichzeitig lieben und verwöhnen zu lassen. Der besondere Reiz für mich lag darin, dass ich zwei Männern zusehen konnte, die sich innig einander hingaben. Dass es sich nicht um einen plump dargestellten Geschlechtsakt handelte, sondern nur um eine betont zärtliche Annäherung, erregte mich besonders. Das, was die beiden dort vorführten, entsprach nicht den üblichen Darstellungen in einem Porno für Homosexuelle, wo es nur um Penetration und Penisse geht.

Meine spontane Lust, mich zu den beiden zu gesellen, setzte jedoch eine andere in die Tat um.

Eine etwas ältere Dame erhob sich von ihrem Stuhl

und schob sich langsam durch die Reihen. Mir fällt keine andere Bezeichnung für diese Frau ein, die sich nach Art einer Diva gekleidet hatte und die Stufen zur Bühne empor stieg. Anerkennend nahm ich zur Kenntnis, mit welcher Leichtigkeit sie sich auf ihren Schuhen bewegte, die mindestens 15cm Absatz hatten. Ihr schlanker Körper, der ihre Grazie betonte, war eingehüllt in einem fast knielangen Kleid, das allerdings hauchdünn und durchsichtig war. Darunter war sie vollkommen nackt und ihre Scham ließ erkennen, dass sie vollkommen glatt rasiert war. Ihre schweren Brüste bewegten sich bei jedem Schritt und wölbten sich unter dem dünnen Stoff ihres ungewöhnlich langen Negligés. Um ihren Hals hatte sie eine weiße Boa geschlungen, deren langen Enden verführerische bei jedem Schritt auf ihrem Hintern wippten. Ihre gesamte Erscheinung strotzte vor Selbstsicherheit, ohne jedoch übersteigert zu wirken. So, wie sie sich bewegte, schien sie keinerlei inneren Zweifel an dem zu haben, was sie vorhatte zu tun. Sie versprühte die vornehme, kühle Aura um sich, mit der sie zum Ausdruck brachte, dass sie viel Raum benötigte, den man ihr auch uneingeschränkt geben würde. Ich bin sicher, diese Frau war es gewohnt, dass man ihre Wünsche erfüllte und auch solchen zuvorkommen würde, bevor sie von ihr ausgesprochen wären. Ihre Augen waren stark geschminkt, was jedoch zu ihrem Typ passte, ohne billig zu wirken. Ihre Zunge leckte über ihre Lippen, die in einem hellen Rot glänzten, das perfekt aufgetragen war. Ihr Gesicht, eingerahmt von dunklen

Locken, zeigte erste Züge einer reifen Frau. Ihr Blick war zielgerichtet auf die beiden Männer, die ihr Kommen nicht bemerkt zu haben schienen.

„Was passiert denn jetzt?“, wendete sich Peter an mich.

„Ich denke, sie macht das, was ich gerne mit den beiden dort oben machen würde.“ Es war gesagt, bevor ich meine Worte wieder ungesagt hinunter geschluckt hätte.

Deshalb war ich Peter dankbar, dass er mir in dieser Situation nicht die Frage stellte, was mir im Kopf herum geisterte. Ein paar sexuelle Fantasien wollte ich manchmal erst einmal nur mit mir teilen. Dazu gehörten auch die, die mir hier gekommen waren.

Peter lachte jedoch über meine Bemerkung und richtete sein Augenmerk wieder zum Podium. Bei der sich anbahnenden Veränderung im „Theater der Lust“ schien sein Interesse am Bühnengeschehen stärker zu werden. Wahrscheinlich war er erleichtert, dass er jetzt seine Konzentration wieder einer Frau schenken konnte. Jedenfalls wendete er wieder seinen Blick der Frau zu, die gerade auf die beiden Männer zu ging, die in enger Umarmung verharrt waren, mit aneinander geschmiegten Wangen.

Ohne mit der Wimper zu zucken, stellte sie sich eng hinter die beiden Männer, so dass sie sie in ihre ausgebreiteten Arme nehmen konnte. Wäre die Frau nicht nackt unter dem durchsichtigem Kleid gewesen, hätte ihre Geste auch mütterlich angemutet, war sie doch mindestens zwanzig Jahre älter, als die von ihr umarmten Männer. Erst jetzt schienen die jungen Kerle ihre Anwesenheit bemerkt zu haben, denn sie lösten ihre Wangen voneinander und blickten kurz hinter sich. Als Gruppe nun zusammen stehend, sah man deutlich den gravierenden Altersunterschied zwischen den Männern und der Frau. Allerdings bekam dadurch das weitere Geschehen noch größeren sexuellen Reiz. Man konnte vermuten, dass sie die beiden Jüngeren in das Geheimnis der Erotik einführen würde. Jedenfalls für mich und ich schließe auch mal auf die anderen Zuschauer, denn keiner verließ den Raum. Im Gegenteil, die Anspannung war an ihrer Stille, die plötzlich den Raum erfüllte, zu messen. Als die Dame begann, ihre Boa um die Hälse der beiden an sich gedrückten Männer zu legen, war nicht das leiseste Geräusch zu hören. Jeder schien den Atem anzuhalten, um die Vorstellung nicht zu stören. Es verbreitete sich hier eine ähnliche Stimmung unter den Zuschauern, wie eben in der Bar.

Mit beiden Händen hielt sie die Enden der Boa fest und zog sie damit noch enger um die Kehlen ihrer Opfer. Die beiden Männer, die eben noch die Rolle der sich Liebenden verkörperten, schlüpften durch die Einmischung der ins Spiel eingreifenden Frau in den Part der ihr ausgelieferten Sklaven. Sofort nahmen sie die veränderte Situation an und sanken vor ihr auf die Knie, wobei sich die Boa von ihren Hälsen löste. Laszについては ließ die Grazie den Schal durch ihre Finger von ihren Schultern gleiten, um sie sogleich um die Handgelenke ihrer

Untergebenen zu schlingen, um sie damit aneinander zu binden. Beide ließen dies mit sich geschehen und unterstrichen ihre demütige Haltung, indem sie sich tief vor ihr verneigten. Beide Männer begannen nun gleichzeitig über die Schuhe der vor ihnen stehenden Dame zu lecken. In diesem Moment ging ein Raunen durch den Raum, das ich auch von Peter vernahm. Ich glaubte, dass ich sein Raunen als Ausdruck seines sexuellen Interesses deuten konnte. Das wiederum erregte mich. Hier sah ich zwar Männer, die vor einer Frau knieten, aber ich dachte in dem Moment, dass es Peter ebenso erregen könnte, wenn eine Frau vor ihm auf dem Boden knien würde. In diesem Moment wünschte ich im Raum „Domina-Studio" zu sein, denn die devote Haltung der Akteure ließ mich wünschen, an ihrer Stelle zu sein. Unauffällig hielt ich wieder Ausschau nach Chris und Rainer, in der Hoffnung, dass sie uns vielleicht den beiden S/M Fetischisten vorstellen könnten. Ich wurde aus meinen Gedanken gerissen, denn plötzlich stand wieder einer der Zuschauer im Raum auf und betrat das Theaterpodium. Es war ein weiterer junger Mann, der sich hinter die Frau stellte, nur um ihr Negligé langsam von unten anzuheben und ihr über den Kopf auszuziehen. Sofort ließ er es auf den Boden fallen und ging wieder auf seinen Platz.

Wieder erfüllte absolute Stille den Raum. Alle Augen waren jetzt wohl auf den nackten Körper der Dame gerichtet, die sich überhaupt nicht anmerken ließ, dass sich etwas an ihrem Äußeren verändert hätte. Noch immer stand sie stoisch in der Mitte und blickte ernst auf die Knienden, als sei nichts mit ihr geschehen. Diese betrachteten sie nun ebenfalls mit Blicken, die sie von unten auf sie richteten und fixierten ihren Körper. Hautnah vor ihr auf dem Boden kniend, atmeten sie laut ihren Geruch ein und leckten nun nicht nur ihre Schuhe. Ihre Zungen fuhren aufwärts an ihren Beinen entlang und lecken die Haut ab, bis hin zu den Schenkeln. Ihr schien das sehr zu gefallen, denn sie streichelte den beiden Männern über die Köpfe, so als belohne sie sie für ihr Tun. Jetzt begann ein Mann ihr die Schuhe auszuziehen, was nicht so einfach war, da seine Hände noch immer vor seinem Körper mit der Boa gefesselt waren. Er hielt sie dabei wie etwas Kostbares in seinen Händen, schnupperte daran und leckte über die Sohlen. Dabei beugte sich die Diva vor, um ihm dabei zusehen zu können. Die leichte Beugung ihres Körpers reichte dazu aus, um ihre schweren Brüste vor den Gesichtern ihrer Untertanen hängen lassen zu können. Mit gefesselten Händen hatten die beiden nur die Chance, diese mit ihren Mündern zu liebkosen. In nun aufgerichteter Position saugten und leckten beide mit geschlossenen Augen am Busen, der ihnen dargeboten wurde. Nun ebenfalls die Augen schließend, genoss sie sichtlich diese Zärtlichkeit und öffnete dabei leicht ihre Beine. An der Stola ziehend, zog sie die Gefesselten näher zu sich heran und ließ es zu, dass diese nun aufstanden. Während sie die Arme in die Höhe hoben, waren die Männer in der Lage, ihre Herrin zwischen sich zu nehmen und sie seitlich zum Publikum zu drehen. Der ihr im Rücken stehende Diener drückte seinen Unterleib eng an ihren Po, während der an ihrem Busen gedrückte Mann damit begann, sein inzwischen aufgerichtetes Glied zwischen ihre feisten Beine zu schieben. Beide Männer drückten und schoben die Frau an, so als säße sie auf einer Schaukel. Zum ersten Mal hörte ich eine Äußerung von ihr.

„Kommt ihr Süßen, gebt es mir heftig. Zeigt allen hier, zu welchem Zweck ihr mir hier dienen müsst."

Ich war total erstaunt, dass in diesem Moment wieder der junge Mann von eben, erneut die Bühne betrat. Entschlossen trat er auf seine Geschlechtsgenossen zu und öffnete die Knoten, so dass die Boa die Hände löste. So schnell, wie er erschienen war, trat er auch wieder von der Bühne ab. Obwohl er nur eine Statistenrolle angenommen hatte, beeinflusste diese jedoch nachhaltig das weitere Vorankommen des Stückes und veränderte sogar die Richtung, die es nahm und brachte eine völlig neue Dramatik mit ins Spiel. Denn jetzt, ihrer Fesseln befreit, agierten die beiden Männer völlig frei. Eben noch in der devoten Position, übernahmen sie jetzt den Kurs.

Ihre Hände legten sich auf Hüfte und Brüste der Frau, die Arme schlangen sich mal um Hüfte oder Schulter, so dass die Entmachtete nun selbst zum Spielball der Lust wurde. Mal schien sie die männliche Kraft zwischen ihren Schenkeln zu spüren, mal an ihren Hintern gedrückt. Alle drei vereinte die Besessenheit der Lust, mit der sie agierten. Kopflos drückten sie sich an- und gegeneinander. Mal schienen die Männer die Führung zu übernehmen, nur um sie gleich wieder an ihre Gespielin abzugeben. Die Ekstase erreichte für mich ihren Höhepunkt, als sich einer der beiden Herren in die Position eines Hundes brachte, so dass er auf die Knie fiel und sich mit den Händen abstützte. Der andere schob die Frau vor sich hin und drückte sie so bestimmt auf den Rücken seines Freundes, auf den sie mit ihrem Bauch zu liegen kam. Sie schob sich nun selbst so weit über diesen, dass ihre Wange an seine lag und ihre schweren Brüste sich über seine Oberarme schmiegten und seitlich daran hinab hingen, ohne dass dies den erotischen Eindruck gestört hätte, der längst entstanden war.

Im Gegenteil, ich war fasziniert von diesem Anblick und schaute weiter gebannt zu. Deshalb war mir auch nicht aufgefallen, dass sich auf den freien Stuhl neben Peter eine Frau gesetzt hatte.

Der Mann, der sich die Frau auf dem Podium in die richtige Position geschoben hatte, begann nun, sie vor dem ganzen Publikum zu penetrieren. Um dies bewerkstelligen zu können, hatte sein Freund vorher auf seinen Penis gespuckt. Langsam schob er sich in sie hinein und beglückte sie und sich sexuell mit ausgiebig lang ausgeführten Stößen. Nicht nur befriedigten sie sich, sondern auch die Frau, die sich neben Peter gesetzt hatte, verfolgte damit ihr Ziel, zu einem Höhepunkt zu kommen.

Durch einen tiefen Seufzer, den Peter ausstieß, wurde

ich erst auf das Gebaren der beiden neben mir aufmerksam. Ich sah, wie sich der Kopf der Frau, die neben Peter Platz genommen hatte, über seinen Schoß senkte. Ich schaute zu, wie sich ihre Hände in den Bund seines Slips schoben und sein Geschlechtsteil hervorbrachten, das sich in ihrer Hand aufrichtete. Peter warf seinen Kopf in den Nacken und mir einen Blick zu, während sich seine Augen lustvoll verdrehten. Ich war sehr überrascht über diese Situation, vor allem darüber, mit welchem Selbstverständnis sie sich über meinen Mann her machte. Sie hatte keine Zeit damit vertan, ihn anzusprechen, bevor sie sich ihm körperlich annäherte. Sie wollte kein Gespräch mit ihm, sondern ihn nur scharf machen. Sie verzichtete sogar darauf, in irgendeiner Art mit ihm zu flirten, und sei es auch nur mit den Augen, um erst einmal zu testen, ob er Interesse an ihr findet. Vielleicht war mir das aber auch gar nicht aufgefallen, weil ich zu sehr mit dem beschäftigt war, was auf der Bühne stattfand. Aber ich konnte mich nicht zurückhalten. Ich wendete mich nun Peter ebenso zu und begann ihn zu küssen und seinen Brustkorb zu streicheln, während sie seinen Penis in den Mund schob und ihn mit ihrer Zunge beglückte. Ich gebe zu, mein Interesse war es sicher auch, ihr deutlich zu machen, dass ich zu Peter gehöre.

Gleichzeitig mit den beiden auf der Bühne, hätte Peter fast seinen Höhepunkt erlebt. Als die drei auf dem Podium lauthals ihre Lust äußerten, legte Peter bestimmt seine Hand in den Nacken der an ihm Saugenden.

„Hier nicht! Komme lieber gleich mit uns in einen anderen Raum. Ich bin sicher, dort haben wir eine intimere Atmosphäre."

Die junge Frau erhob ihren Kopf, streifte wieder den Bund von Peters Slip über seinen Penis und lächelte ihn kokett an.

„Wie du meinst, aber dann gehörst du mir!"

Jetzt setzte sie sich, als wäre nichts vorgefallen, brav in ihren Sessel zurück und blickte nach vorne, um ihre weitere Aufmerksamkeit auf die Theatervorstellung zu richten.

Dort führten die beiden Männer nun ihre Sklavin auf das Bett, wo sie die Frau so positionierten, dass sie liegend ihre Füße noch auf den Boden stellen konnte. Jetzt kniete der Schuh-Fetischist zwischen den geöffneten Schenkel der Liegenden. Extrem fordernd schob er seinen Kopf tief in ihren Schoß und leckte dort den Erguss seines Freundes auf, der wohl aus ihr tropfte. Er saugte an ihrer Scheide und reinigte den Schoß der stöhnenden Frau, die vorher von seinem Freund benutzt worden war. Er ließ sich dafür unglaublich viel Zeit, schien sein Tun sichtlich selbst zu genießen. Danach richtete er sich wieder auf, trat zur Seite und öffnete den Blick der Zuschauer auf das, was zwischen den Schenkeln der Frau rosig lag.

Abermals trat der junge Mann wieder auf die Bühne, der bereits helfend eingegriffen war. Diesmal hob er das Kleid vom Boden auf und trat ans Bett. Dort reichte er der noch immer stöhnenden Frau die Hand, die sie dankbar ergriff. Wie eine Königin ließ sie sich vom Thron gleiten, erhob ihre Arme und ließ sich ankleiden. Von ihm geführt verließ sie langsam die Bühne, gefolgt von den beiden anderen Männern, die ihre Boa gemeinsam über ihre Arme vor sich her trugen, mit ernsten Mienen, als trügen sie eine wertvolle Krone.

Alle vier Schauspieler gingen aus dem Raum und allmählich lichteten sich die Reihen.

Kapitel 3
Palast der Lüste

In unserer Reihe blieben nur Peter, die Unbekannte und ich sitzen. Ich war unschlüssig, was nun passieren würde, aber den weiteren Verlauf des Abends wollte ich Peter überlassen. „Komme jetzt mit mir, denn jetzt sollst du mir gehören", flüsterte die junge Frau Peter zu.

„Nur, wenn wir Susanne mitnehmen, gehöre ich dir."

Ich hätte Peter für diese Bemerkung küssen können.

Sie blickte kurz zu mir herüber und äußerte betont gleichgültig:

„Wenn du darauf bestehst, dann kommt jetzt mit mir. Ich habe aber nur Lust auf dich, aber wenn du unbedingt willst, dann nimm sie halt mit. Von mir aus kann sie dabei sein, aber ich will nicht mit ihr schlafen!"

Ohne eine Reaktion abzuwarten, stand sie auf und zog Peter hinter sich her. Dieser ergriff sofort meine Hand, so dass auch ich nun in ihrem Bund war.

Aus dem Theater heraus tretend, geleitete sie uns über den Flur des Clubs und trat mit uns in den „Palast der Lüste" ein. Hier waren circa zwölf Leute, die es sich bereits gemütlich gemacht hatten. Auch hier fackelten an den Wänden Kerzen, die die Räumlichkeit angenehm erhellten. Auf den mit Matratzen ausgelegtem Boden lagen Männer und Frauen, die alle miteinander zu tun haben schienen. Ich sah herunter auf küssende und sich leckende Menschen, die sich streichelten und ineinander bewegten. Spontan kam mir die Assoziation von Sodom und Gomorrha, denn hier schien sich alles nur um die geschlechtliche Vereinigung von Körpern zu drehen. Selbst nicht daran beteiligt zu sein, befremdete mich dieser Anblick der sich windenden Körper. Aber das Gefühl, dass ich mich hier nicht so wohl fühlte, sollte sich schnell ändern. Einen großen Anteil daran hatte die junge Frau, die nicht von Peters Seite wich. Sie zog ihn mitten in die Gruppe der Menschen, die sich hier nur um sich selbst kümmerten. Während sie sich auf die Matratze niederfallen ließ, zog sie geschickt an Peters Slip, so dass er nun nackt vor ihr stand. Wieder ließ sie keine Möglichkeit zu reagieren. Stattdessen öffneten sich ihre Lippen, die sie gleich über seinen Penis stülpte. Peter, der anfänglich noch eine gewisse Gegenwehr erkennen ließ, sank nun auch auf die Matratze, nicht ohne mich mit hinunter zu ziehen. Ich kniete nun neben Peter und der Frau, die sich an ihm fest gesaugt hatte. Unterstützend setzte sie dazu ihre Hand ein und es dauerte nicht lange, da konnte sich mein Mann nicht mehr dagegen aufbegehren. Ich starrte die ganze Zeit auf ihr Tun. Sah ihren Mund, in dem das erigierte Glied meines Mannes eintauchte, sah ihre Hand, die es umfasste und kunstvoll bearbeitete. Während ihre Zunge sich über die Eichel drehte, vollführte ihre Hand eine ebenso auf- und abwärts drehende Bewegung um seinen Schaft. Peter griff nun abermals in den Nacken der Frau, diesmal aber nicht, um sie am weiteren Fortfahren zu hindern, sondern sie zu ermahnen, nicht aufzuhören. Er drückte ihren Kopf fest gegen seinen Unterleib, und mit einem plötzlichen Seufzer ergoss er seinen Samen in ihren Mund. Die junge Frau vollführte noch einige Stöße mit ihrem Mund. Kurz darauf richtete sie sich auf, lächelte mir etwas zu provokant zu und zeigte mir Peters Samen, der noch auf ihrer Zungenspitze glänzte. Während Peter noch um seine Fassung rann, schluckte sie sichtlich genussvoll die Trophäe hinunter und stand ohne ein Wort auf und ging lautlos fort, wie sie gekommen war. Dabei blickte sie mich überhaupt nicht an und konnte nicht deutlicher damit zeigen, wie gelangweilt sie von meiner Anwesenheit eben war. Sie hatte mich nur geduldet, um das Ziel erreichen zu können. Leicht verärgert blickte ich Peter an.

„Was war das denn eben?“

„Samenraub!“, lachte Peter, etwas unsicher. Ich weiß nicht, woher ich die gespielte Gleichgültigkeit nahm, die ich in meine Stimme legte.

„Dann bleibe jetzt mal schön bei mir, damit du mir nicht auch noch geraubt wirst. Ich brauche dich jetzt ganz nah bei mir.“

Peter zog mich zärtlich an sich.

„Sah fast wie eine Vergewaltigung aus.“

„Ich bin schon freiwillig mit ihr gegangen. Allerdings hatte ich gehofft, dass wir alle drei unseren Spaß haben würden. Sei mir nicht böse, Susanne, so hatte ich mir das auch nicht vorgestellt.“

„Der Mann, das arme Opfer“, zickte ich herum.

„Na, ganz so war es ja auch nicht. Ihre unverblümte

und direkte Art hat mich schon heiß gemacht."

„Und ihr Zungenspiel wohl auch!"

Peter sah mich jetzt nachdenklich an.

„Susanne, sollten wir besser gehen? Wenn wir anfangen uns hier Vorhaltungen zu machen, ist das nicht der richtige Moment und auch nicht der passende Ort."

„Entschuldige, Peter, du hast ja recht. Ich fühlte mich nur total überrumpelt. Das hat sie doch absichtlich gemacht, mich so zu ignorieren. Eigentlich dachte ich, wir würden beide zusammen..."

Peter stoppte meine Einwände und küsste mich.

„Ich hatte doch darauf bestanden, dass du mit kommst. Schon vergessen? Sei jetzt nicht eifersüchtig, ich hätte dir das gegönnt."

„Sprach der Löwe zur Löwin, nachdem er sich den Bauch satt gefressen hat."

„Ich habe noch mehr für dich, ich lasse dich nicht verhungern", witzelte Peter auf seine charmante Art, mit der er mir den Groll nahm, dass ich mich nicht hatte beteiligen können an der Aufteilung der Beute, die die Fremde für sich allein geschlagen hatte.

Umarmt sackten wir beide auf die Matratze nieder und liebkosten uns sehr innig und zärtlich.

Dabei schossen mir Bilder durch den Kopf. Auf der Leinwand in meinem Kopfkino sah ich Beate und mich, wie wir uns an Peter beköstigten. Gemeinsam meinen Mann genießend! Mit ihr, da war ich mir sicher, hätten wir alle drei Spaß gehabt. Als ich mich weiter diesen Tagträumen hingab, tauschte ich auf einmal Peter mit

Klaus aus. In meiner Vorstellung, die mir im Arm von Peter liegend kam, war es Klaus, den Beate und ich mit ihren Zungen und Küssen beglückten. Schwestern teilen eben alles, wäre Beates Kommentar dazu gewesen. In diesem Moment bedauerte ich, dass Klaus nicht mit Beate in einen Swinger gehen wollte, denn wer weiß, vielleicht hätten wir dann mit beiden zusammen einmal hier einen gemeinsamen Abend verbringen können.

Ich wurde mit einem Klatsch auf meinen Po jäh aus meiner Einbildung heraus gerissen.

Peter grinste mich breit an und streichelte die Stelle auf meiner Haut sanft mit seiner flachen Hand nach, die durch den Schlag leicht gerötet war.

„Aua, was war das denn schon wieder? Geht's noch heftiger? Du hast mir weh getan!"

„Wo bist du mit deinen Gedanken? Weh getan? Ich dachte, du stehst auf Härte, meine Liebe. Wenn du so empfindlich bist, dann brauchen wir gar nicht ins „Domina-Studio" zu gehen. Dann wird in Zukunft wohl der „Massage-Salon" unsere Zuflucht sein."

Die Erwähnung des Domina-Studios ließ den leichten Schmerz, den mir eben Peter zugefügt hatte, vergessen. Zum ersten Mal spürte ich, dass Schmerz nicht nur unangenehm erfahren werden kann, denn das heiße Prickeln, das seine Hand auf meiner Haut hinterlassen hatte, erregte mich jetzt.

„Ich hatte nicht damit gerechnet, denn ich war in Gedanken woanders."

„Wo denn?"

„Ach, ich musste gerade an die Theatervorstellung denken", log ich Not und blickte mich im Raum um. „Aber kannst du mir noch einmal auf den Hintern hauen? Das hat mir sehr gut getan, mein Herr."

Sofort setzte Peter nach, diesmal noch heftiger, als zuvor. Durch das laute Klatschen wurden die Paare aufmerksam, die in unserer Nähe lagen. Trotz des schummrigen Lichtes sah ich, wie wir angeblickt wurden. Mich trafen amüsierte und auch aufmerksame Blicke, die wohl darauf warteten, wie mit mir weiter umgegangen werden würde.

Peter hatte es auch bemerkt und zog mich eng an sich heran.

„Wie hießen die beiden S/M Freunde noch mal, von denen Chris erzählte? Was meinst du, sollen wir es mal wagen und uns mit denen bekannt machen lassen?"

„Das geht doch nur, wenn wir Chris und Rainer noch mal hier zufällig treffen. Schließlich haben wir nicht ihre Telefonnummer, und du weißt doch, dass man die uns hier auch nicht geben wird. Anonymität wird hier gewahrt. Weißt du, ich denke, wenn es so sein soll, dann werden wir sie hier noch mal sehen. Und wenn nicht, dann wird das „Domina-Studio" für uns für immer ein Geheimnis bleiben. Ohne erfahrene Swinger möchte ich diesen Raum nicht buchen."

Ich versuchte bewusst cool zu wirken, um meine ungebrochene Neugierde auf diese Sexpraktiken nicht allzu deutlich zu machen.

„Ja, ist gut, meine Liebe. Es wäre aber schade, wenn

wir sie nicht mehr sehen werden, denn ich spüre ja, wie Härte deine Lust inspiriert. Gib doch zu, du stehst drauf, härter angepackt zu werden."

Abermals drückte er meinen Körper fest an den seinen, und ich konnte spüren, dass ihn die Vorstellung an heftigeren Sex auch erregte. Sein Penis richtete sich erneut auf und presste sich gegen meinen Venushügel.

Irgendwie waren wir in einer skurrilen Situation. Wir führten das Gespräch nicht etwa in den eigenen vier Wänden, sondern befanden uns im „Palast der Lüste", mitten unter Menschen, die sich völlig ungehemmt sexuell miteinander beschäftigten.

Scheinbar unbeachtet von dieser Szenerie um uns herum, sprach mich Peter nun auf meine sexuellen Lüste an und provozierte diese sogar noch handgreiflich.

„Was macht dich gerade bei diesem Thema an? Die Tatsache, dass du mich führen willst?"

Er biss mir sanft in meinen Hals, den ich ihm sofort wieder hinhielt.

„Wenn ich spüre, wie dich es anmacht härter genommen zu werden, macht mich die Vorstellung an, dich als Herr zu führen. Ich möchte auch sehen, ob Dominanz und Unterwürfigkeit uns zur vollendeten Lust führen können."

Wir wurden bei unserem Gespräch gestört, denn das Paar, das uns am nächsten auf der Spielwiese lag, wälzte sich nun lauthals umeinander.

Ich drückte mich in Peters Arm, so dass ich mit meinem Rücken seitlich an seinem Bauch lag. Beide sahen wir nun zu dem Liebespaar hinüber, das nun laut zu stöhnen begann. Peter, der eng an mich gedrückt hinter mir lag, öffnete mir dabei die Korsage, bis sie ganz geöffnet meine Brüste frei gab. Die Frau hatte sich auf den unter ihr liegenden Mann gesetzt. Beide schauten sich intensiv an, während sie ihre Hände fest umklammerten. Ganz sanft wiegte sich die Gespielin auf ihrem Liebhaber und wimmerte leise vor sich hin. Ihre sexuelle Erregung war sichtbar. Ihre Brustwarzen waren hart aufgerichtet, ihr Körper mit Schweiß bedeckt, der ihr in kleinen Tropfen auf der Stirn stand und in kleinen Rinnsalen über den Körper lief. Auch ein anderes Paar im Raum war auf die beiden aufmerksam geworden. Anfänglich nur zusehend, rutschten sie nun eng an die beiden Liebenden heran. Die zusehende Frau begann, die vor Verzückung winselnde Frau zu streicheln. Erst berührte sie den Rücken, ließ ihre Hand vom Hals abwärts streichen, bis sie über den Po hinab streichelnd, die Füße berührte. Allerdings schien die Frau nichts davon zu bemerken, denn sie windete sich unverändert auf ihrem Geliebten und schenkte den beiden Zusehenden keinen Blick. Der hinzugekommene Mann wiederholte die Berührung an seiner Partnerin, die sie der Reiterin gab. Er spiegelte das Verhalten seiner Frau, was mir aber erst nach einigen Minuten auffiel.

Peter begann nun auch damit, mich mit seinen Händen intensiv zu streicheln. Seine Finger berührten einfühlsam meine Brüste, deren Warzen durch die aufkeimende Erregung empfindlich geworden waren. Als die rothaarige Frau, die sich neben das Liebespaar gesellt hatte, ihre Fingerspitzen tief hinunter über den Venushügel der dunkelhaarigen Frau schob, die ihren Partner in sich eingeführt hatte, zwirbelte Peter meine gereizten Nippel. Ich zischte hörbar durch die Zähne, atmete tief ein und genoss den leichten Reiz des Schmerzes. Peter erwiderte dies mit einem erneuten Kneifen. Den Schmerz, den er damit auslöste, milderte er ab, indem er sogleich meine Brüste mit beiden Händen fest umfasste und etwas grob massierte. Aber das gefiel mir, denn es passte zu meiner Geilheit, die das Gespräch bei mir ausgelöst hatte und dem Bild, das sich mir hier bot. Ich fühlte mich aufgeputscht und reagierte das mit Bewegungen ab, die meine Hüfte nun vollführte. Ich drückte sie unentwegt gegen den Unterleib meines Mannes. Ab und zu öffnete ich leicht meine Schenkel, so dass er mir seinen nun erigierten Penis zwischen meine geöffneten Beine schieben konnte, so dass er vor meiner Scheide zu liegen kam. Peter vermied es, in mich einzudringen, auch wenn ich in diesem Moment stark danach verlangte, seine Penetration zu spüren.

„Jetzt noch nicht, meine Liebe. Lass die Beiden zuerst kommen. Lass uns nur zusehen."

Peter hatte leicht reden. Trotz dieser Ansage konnte ich nicht aufhören still zu liegen. Die Rothaarige hatte nun ihre Finger eindeutig um das Glied des Mannes gelegt, das mit der Spitze immer noch in seiner Partnerin war. Die Finger umfassten so den Schaft, so dass der abgespreizte Daumen in die Höhe zeigte und die Klitoris der anderen reizen konnte. Diese genoss sichtlich diese erotische Massage und kreiste nun noch wilder mit ihrem Becken. Der unter ihr liegende Mann stöhnte lauter auf, denn auch er bekam durch die Handmassage eine zusätzliche Aufmerksamkeit, die seine Triebhaftigkeit steigerte. Der neben ihm kniende Mann kopierte erneut das Tun seiner Freundin. Ebenso wie sie, ließ er die Finger seiner Hand über ihren Venushügel gleiten, bis die Fingerspitzen auf ihrer Klitoris lagen. Da er in dieser Position nicht selbst in sie eindringen konnte, schob er seine zusammen gepressten Finger in ihre Scheide, was ihm wohl nur gelang, weil sie dafür ihren Po in die Höhe drückte und sich vor ihn hin kniete. Er war nun in der Lage, ihr einige Stöße im gleichen Rhythmus, mit dem die Reiterin ihre Befriedigung einforderte, geben zu können. Diese schien durch die zusätzliche Stimulation ihrer Kirsche nun ihrem Höhepunkt entgegen zu reiten. Mit abgehackten Schreien stieß sie ihren Orgasmus hinaus und ließ sich auf den Bauch ihres Liebespartners fallen. Jetzt begann der Freund der Rothaarigen heftiger mit der Hand zuzustoßen. Mir schien, dass seine Faust in den Unterleib seiner Freundin verschwand, um kurz danach wieder sichtbar zu werden. Sie bekam einmal nur seine Fingerspitzen, dann wieder seine Hand zu spüren. Auch sie stöhnte nun ihrem Kommen entgegen und sackte kurz darauf zusammen. Der Mann zog langsam seine Finger aus der Scheide heraus und kam zu mir herüber. Vor mein Gesicht hielt er die vor Feuchtigkeit glänzenden Finger. Ich sah nicht nur, wie nass sie waren, sondern roch auch die süße Geilheit seiner Freundin, die noch an seiner Hand klebte. Ich konnte beobachten, wie der neben mir liegende Mann, der immer noch von seiner Frau zugedeckt war, die roten Haare der neben sich zusammengerollten Frau durch seine Finger gleiten ließ, bis er schließlich mit einer Hand den Rücken seiner Frau streichelte und die andere Hand auf dem Kopf der anderen Liebhaberin liegen ließ. Alle drei schienen beglückt auszuruhen und verharrten in dieser Lage. Der Mann, der mir die feuchten Finger unter die Nase hielt, sprach mich nun an:

„Du sollst nicht nur zusehen, sondern auch etwas abkriegen."

Mit diesen Worten strich er den Lustsaft seiner Freundin über meine Schenkel, die ich spontan öffnete. Ganz leicht ließ er die Spitzen seiner Finger über meine Schamlippen gleiten und benässte sie mit dem süß riechenden Saft. So vermischte sich meine Scheidenfeuchtigkeit, die mir beim bloßen Zusehen aus Lust gekommen war, mit der seiner Frau. Gleichzeitig hörte Peter nicht auf, meine Brüste hart zu umfassen. Ich konnte mich nicht mehr dagegen wehren, denn die Geilheit hatte mich längst kopflos gemacht. Jetzt beugte sich der Mann zu mir herunter und saugte an meinen Nippeln.

Gleichzeitig setzte er nun an, meine Klitoris mit starkem Druck seiner Finger kreisend zu massieren. Der Orgasmus kam heftig, ohne sich vorher langsam aufgebaut zu haben. Er ließ seine Hand so lange zwischen meinen Beinen liegen, bis ich mich wieder beruhigt hatte. Ohne ein weiteres Wort stand er auf. Mit leicht geöffneten Augen sah ich, wie er wieder zu seiner Freundin ging und sie hoch zog. Als sie ihn anblickte, drückte er seine Hand, die mir eben zu einem heftigen Orgasmus verholfen hatte, gegen ihren Mund. Animalisch, wie eine läufige Hündin saugte sie meinen Geruch von seinen Fingern ein und leckte sie sauber. Ich drehte mich zu Peter um und küsste ihn. Er erwiderte meine Küsse und streichelte zärtlich über meinen Körper.

„Siehst du, so schnell kann das gehen. Man kann sich kaum dagegen wehren. Dann weißt du ja, wie es mir eben ergangen ist."

Beide lachten wir leise in uns hinein und ruhten zwischen den anderen im Raum aus. Ich schloss die Augen und nahm nur noch den Herzschlag meines Mannes wahr. Nur die Lustgeräusche der anderen im Raum liessen mich spüren, dass wir nicht alleine hier waren.

Den ganzen weiteren Abend wich Peter nicht mehr von mir. Als wir wieder aus dem „Palast der Lüste" herausgegangen waren, legte er immer wieder seinen Arm um mich oder hielt meine Hand.

Am Ende des Abends stand er eng umschlungen neben mir an der Bar und bedachte mich mit küssender Zuwendung. Ich denke, dass er mir damit die Sicherheit gab, die ich für den Rest des Abends brauchte, um mich im Swinger mit ihm wohl zu fühlen.

Immer wieder mal hielt ich Ausschau nach Chris und Rainer, die ich jedoch an diesem Abend nicht mehr im Club treffen sollte. Leider blieb es mir auch verwehrt, mir die Frau näher ansehen zu können, die sich mit Peter amüsiert hatte. Auch sie war nirgends zu sehen. Dafür jedoch hatten wir das Vergnügen, die Hauptdarstellerin der eben gezeigten Vorführung im „Theater der Lust“ kennen zu lernen.

Zufällig stellte sie sich neben uns an den Bartresen und ich nutzte die Gelegenheit, sie anzusprechen.

„Hallo, ich bin Susanne. Ich habe dich eben im „Theater der Lust“ gesehen. Das war wirklich eine tolle Vorstellung, die mich sehr erregt hat. War das mit den beiden Männern abgesprochen?“

„Kindchen“, redete sie mich an, während sie mich von oben bis unten hemmungslos fixierte.

„Du scheinst noch nicht viel Erfahrung mit diesem Club hier zu haben. Hier geschieht nichts geplant. Wie ein Abend verläuft, was und wo gespielt wird und wer mitspielen wird, ist reiner Zufall. Kindchen, als ich die beiden Jungs auf der Bühne sah, hatte ich das spontane Bedürfnis etwas mehr Aktion ins Spiel zu bringen. Zwei Kerle....“, und mit einem Lachen hinzufügend: „Das kann doch auf Dauer nicht gut gehen!“

Sie trat noch einen Schritt näher auf mich zu und fingerte auf einmal an meiner Korsage herum. Ganz ohne Zweifel, sie versuchte die erste Öse meines Korsetts zu öffnen.

„Zeig doch mal, was du zu bieten hast, denn ich habe im Gefühl, dass du auch schauspielerische Fähigkeiten hast, die du doch auch mal vorführen könntest.“

Ohne ihrem Blick auszuweichen oder einen Schritt

zurückzugehen, legte ich meine Hand fest auf die ihre, die an meiner Kleidung herumnestelte.

„Danke, aber ich habe keine Lust auf eine Zugabe."

Sofort ließ sie von mir, drapierte die Boa um ihr üppiges Dekolleté und warf mir einen amüsierten Blick zu.

„Kindchen, keine Angst, ich beiße nicht. Ich will nur spielen!" Sie strich mir über den Kopf, so als sei ich ein kleines Kind, das man beruhigen müsste. Amüsiert grinsend drehte sie sich um und vollendete damit einen perfekten Abgang. Mir mit dem Rücken zugewendet, winkte sie mir noch einmal zu.

„Wir sehen uns!", trällerte sie durch den Raum.

Fassungslos sah ich ihr hinterher. Ihre Hüften schwangen bei jedem Schritt und sie zog die Aufmerksamkeit aller Barbesucher wieder auf sich.

Es gibt Menschen, die betreten einen Raum und füllen ihn mit ihrer Ausstrahlung aus, ohne selbst etwas gesagt oder getan zu haben. Diese Frau gehörte unzweifelhaft zu dieser Gruppe. Die leichte Bitterkeit, die mich befallen hatte, als sie mich ´Kindchen` nannte, wich einer Faszination, die sie irgendwie auf mich ausübte.

Waren denn alle hier so selbstbewusst und von sich überzeugt? Ich schaute mich um und erkannte keinen speziellen Typ, auf dessen Stirn vielleicht geschrieben gestanden hätte: „Ich bin ein Swinger."

Ich blickte mich um und sah in Gesichter, die mir tagtäglich auch auf der Straße begegneten. Es waren Menschen unterschiedlichen Alters hier, das am heutigen

Tag zwischen 20 und 65 Jahren zu variieren schien. Ich sah dicke und schlanke Frauen und Männer, solche mit klarem, herausforderndem Blick, andere zurückhaltend und nur auf sich oder ihren Partner konzentriert.

Was alle hier von den Menschen draußen auf der Strasse unterschied, war die Art und Weise sich zu kleiden, da hier nichts einer Kleiderordnung unterlag, und gerade das Nacktsein nicht besonders auffiel. Was uns aber alle hier verband, war der Wunsch, einen Swinger-Club zu besuchen und in ihm Lust mit anderen ausleben zu können. Egal, ob passiv oder aktiv. Jeder wollte offen mit der sexuellen Lust umgehen und sie eventuell mit anderen teilen können. Hier brauchte man sich seiner Triebe nicht zu schämen, solange man auch hier verantwortlich damit umging und die zwischenmenschlichen Regeln beachtete.

Bisher hatte ich nicht einmal eine Szene miterlebt, in der ein Gast unangenehm auffällig geworden wäre. Und dass hier die bestimmten Regeln eingehalten wurden, hatte ich ja eben im Zusammenhang mit der Schauspielerin selbst erlebt. Es reichte ein Wegschieben ihrer Hand, um sie vom weiteren Tun abzuhalten. Die Erfahrung und Erkenntnis, dass hier alle ihre guten Umgangsformen nicht mit der Kleidung an der Garderobe abgehängt hatten, bestärkte mein Wohlbefinden in dieser dennoch sexuell tabulosen Zone.

Hier wurde kein Vorurteil bestätigt, dass ich jemals über einen Swingerclub gehört oder in meiner naiven Vorstellung eventuell selbst einmal gedacht hatte.

Sicher war es auch Glück, dass gerade hier eine Atmosphäre herrschte, die uns zusagte. Ich will nicht verhehlen, dass ich mir sicher bin, dass es auch Clubs gibt, in denen das Niveau niedriger ist, als in diesem hier. Und so muss ich Beate recht geben, die mir sagte, dass es schon wichtig ist, sich vorher über die Gepflogenheiten in einem Club zu informieren, bevor man ihn besucht, um für sich entscheiden zu können, ob er zu den Vorstellungen passt, die man hat.

Im Auto auf der Heimfahrt fragte mich mein Mann, ob ich darüber reden wollte, was sich im „Theater der Lust" abgespielt hatte.

„Ich war im gleichen Bühnenstück wie du", antwortete ich etwas provokant.

Obwohl wir beide offen für das Bedürfnis waren, Sex auch mit anderen Partnern zu haben, wollte ich es ihm trotzdem nicht so leicht machen. Ich betone, dass ich in diesem Moment etwas ungerecht war, denn Peter hatte mir gegenüber nach dem Liebesspiel mit Chris keine Szene gemacht. Nicht einmal eine im Ansatz geäußerte, so wie jetzt meine, auch wenn ich versuchte sie mit Ironie zu übertünchen.

„Höre ich aus deiner Bemerkung einen Anflug von Eifersucht heraus?" fragte er mich.

„Nein! Na ja, vielleicht fühlte ich mich kurzzeitig von einer feindlichen Übernahme bedroht. Schließlich war es ihr überhaupt nicht wichtig, wie ich damit umgehen würde, dass sie dich einfach vereinnahmt."

Ohne darauf näher einzugehen und zu erklären, was

ich genau damit meinte, versuchte ich wieder sachlich zu werden.

„Hast du dich gut gefühlt, Peter, mit mir und dem, was du gesehen hast und dir passiert ist? Ich meine, du warst ja derjenige, der geradezu überfallen wurde."

„Ja, das habe ich", antwortete er etwas leise.

„Ich war ja selbst völlig erstaunt, als sie sich mir annäherte. Sie hat wohl gespürt, dass ich von dem, was auf der Bühne gezeigt wurde, im Bann gezogen war und meine Stimmung dementsprechend angeregt war. Ich kann nur annehmen, dass sie ihre Lust auch daraus zog, mich mit ihrem Handeln dir vorführen zu können. Warum sonst hat sie dich mit ihrem Blick einbezogen und dir gezeigt, was sie sich von mir geholt hat?"

„Ja, den Eindruck hatte ich auch. Aber sage mir bitte, hat es dir Spaß gemacht, von ihr vorgeführt zu werden, wie du spekulierst?"

„Das war so! So unerwartet angemacht zu werden, war schon geil für mich. Ähnlich wie bei unserem ersten Besuch lag der Reiz darin, dass du zusehen konntest, so wie ich dir und Chris. Mir hätte es keinen Spaß gemacht, wenn du nicht dabei gewesen wärst. Das ist doch unsere besondere Lust, Susanne, dass wir unsere individuelle Lust gemeinsam erleben und teilen."

„Dann brauchen wir nicht darüber weiterzureden. Wir hatten beide unseren Spaß und das wollten wir. Vielleicht beruhigt es dich zu hören, wie sehr auch mich das erregt hat, ihr zusehen zu können, wie sie dich ungefragt kommen ließ. Schade, dass du ihren Blick nicht gesehen hast, als sie mir ihre Zungenspitze zeigte, auf der...", bei der Erinnerung daran entwich mir ein Seufzer.

„Oh, wenn ich daran denke, überkommt mich ein Schauer der erneuten Geilheit!"

„Es freut mich, dass du das so sehen kannst. Anders wäre es auch nicht möglich, weiter in den Swinger zu gehen. Das wäre gerade jetzt schade, wo wir uns langsam eingewöhnen. Ich bin wirklich sehr gespannt darauf, in welchen Raum du mich das nächste Mal einladen willst. Du weißt ja, dass du den nächsten Besuch planen kannst."

Ich blickte aus dem Seitenfenster und antwortete ihm geheimnisvoll:

„Du wirst Tag, Ort und Uhrzeit rechtzeitig erfahren."

„Ich werde einsatzbereit sein!", alberte Peter herum.

Dass er das sein würde, daran zweifelte ich nicht im Geringsten.

„Aber sag mal, Susanne, wie hast du das denn empfunden, als der Typ im „Palast der Lüste" zu dir herüber kam. Natürlich habe ich mitbekommen, wie sehr er dich erregt hat, aber ich war doch erstaunt, dass du zulassen konntest, von dem Saft seiner Freundin eingerieben zu werden."

Ich schwieg für einen kurzen Moment, denn dass ich dagegen nichts einzuwenden hatte, hinterließ auch bei mir ein Erstaunen. Schließlich kannte ich das Paar nicht, und da war es schon bemerkenswert, dass ich mich so hemmungslos von ihm einreiben ließ.

„Stimmt, das hat mich im Nachhinein auch verwundert, aber in der Situation war es für mich völlig stimmig. Ich hatte wohl meinen Kopf ausgeschaltet."

„Ich wollte nicht, dass du dich rechtfertigst für etwas, dass dir Spaß gemacht hat. Was soll dann daran falsch sein. Schließlich hast du mich daran Anteil nehmen lassen."

Zur Entspannung und Bestätigung für das Gesagte, legte er mir während der restlichen Fahrt seine rechte Hand auf mein Knie. Ich fühlte mich sehr geborgen bei ihm und war ihm dankbar, dass er so locker mit dem Erlebten umgehen konnte. Mein leichter Anflug von Frustration, den ich an diesem Abend hatte, war verflogen. Obwohl gegenseitige Toleranz oberstes Gebot für einen Swinger-Club sein sollte, war dies nicht die leichteste Übung an diesem Abend für mich. Aber ich war froh, dass ich sie gemeistert hatte. Wieder fühlte ich mich nach dem Besuch im Club Peter noch ein Stück enger verbunden, und ich bin sicher, dass es ihm mit mir genauso ging.

Kapitel 4
Von Mann zu Mann

Peter machte gerade das Frühstück, während ich mich noch genussvoll im warmen Bett räkelte und noch einmal umdrehte. Es war Sonntag und draußen lud das Wetter nicht dazu ein, früh aus dem Bett zu springen, um ja nichts vom Tag zu verpassen. Bedeckt verhieß der Morgen, dass man heute nichts versäumen würde.

Es regnete seit der vergangenen Nacht ohne Unterlass und das einzige, was mich an diesem Morgen aus dem Bett lockte, war der Duft des frischen Kaffees, der durch die Kaffeemaschine in die Kanne tröpfelte.

Im Hintergrund nahm ich das Klingeln des Telefons wahr, das in der Küche lag und es geschah, was ich befürchtet hatte. Die Schlafzimmertüre öffnete sich und Peter brachte mir den Hörer ans Bett. Ich hatte keine Chance mehr, mich schlafend zu stellen oder die Bettdecke über meinen Kopf zu ziehen, um mich unsichtbar zu fühlen, wie es kleine Kinder können.

Peter hielt mir den Hörer entgegen und kündigte die Anruferin an:

„Susanne, deine Freundin, Beate."

Obwohl ich Beate wirklich liebe und schätze, hatte meine Zuneigung zu ihr in diesem Moment einen Aussetzer. Sie wusste doch genau, dass ich morgens vor dem Trinken einer ersten Tasse Kaffee noch nicht unter den Lebenden weile. Und heute war Sonntag und noch nicht einmal zehn Uhr.

Einen Stoßseufzer unterbindend, nahm ich den Telefonhörer entgegen und blickte versonnen Peter hinterher, den ich um die Tasse Kaffee beneidete, die er jetzt in aller Ruhe ungestört trinken konnte.

„Ja, Beate?“, gähnte ich etwas übertrieben in die Muschel. Schließlich sollte sie merken, dass zehn Uhr Sonntagmorgen für mich gleichbedeutend war mit einer Frühschicht.

„Hi, Susanne. Liegst du etwa noch im Bett?“

„Beate, es ist Sonntag. Hast du mal auf die Uhr geschaut?“

Beate ließ sich nicht verunsichern. Im Gegensatz zu mir gehörte sie zu der Spezies der Frühaufsteher und ich bin mir sicher, dass sie schon eine Runde durch den Regen im Wald gejoggt war, das Frühstück bereits vor zwei Stunden eingenommen hatte und dadurch wieder genügend Energie gesammelt hatte, den weiteren Tag mit Aktivität auszufüllen. Und wie richtig ich mit dieser Vermutung lag, bestätigte sie mir ungefragt im weiteren Verlauf des Gespräches.

„Mein Gott, du bist vielleicht eine Müßiggängerin. Ich bin schon seit drei Stunden auf. Mein Freund ist gerade mit dem Hund raus und das Alleinsein wollte ich nutzen, um mal wieder ungestört mit dir zu telefonieren. Was gibt es denn Neues bei dir?“

„Beate, nichts!“

„Was habt ihr denn am Freitag gemacht? Wir haben

versucht, euch zu erreichen. Wo wart ihr denn?"

„Wir haben uns einfach einen schönen Abend gemacht."

Beate lachte mir ins Ohr.

„Komm, erzähle mir nichts. Hat dich Peter wieder in den Swinger ausgeführt. Los, erzähle schon, und lass dir nicht alles aus der Nase heraus ziehen."

Ich steckte in der Falle. Beate war nicht nur neugierig, sondern hatte auch das besondere Gespür dafür, wann es etwas zu erfahren gab. Mit ihrer direkten Art steuerte sie auf die Neuigkeiten zu, wie ein Rauschgiftspürhund vom Zoll die Nase in den Koffer steckt, in dem der Stoff versteckt ist.

Ich drapierte mir das Kopfkissen zurecht und begann zu erzählen, was ich Freitag erlebt hatte.

„Wie war das denn für dich, als plötzlich die Frau neben Peter saß und sich an ihn heranmachte?"

Ich beschrieb meine Gefühle, die zwischen Erstaunen, Entrüstung und sexueller Lust schwankten.

„Warst du enttäuscht, dass Peter sich dieser Frau zugewendet hatte?"

„Nein, eigentlich nicht. Na ja, zumindest nicht nachhaltig. Würde ich mit ihm in einen Swinger gehen, wenn ich empört wäre, wenn er auch mit anderen Frauen Spaß hat?"

„Ihr geht ja wohl hoffentlich in einen Swinger, gerade weil ihr Spaß daran habt, euch mit anderen zu teilen und das gemeinsam zu erleben?!"

Ich stimmte ihr zu und konnte nun unbefangen von

diesem Abend erzählen. Auf einmal war mir sogar der Kaffee unwichtig geworden, auf den ich mich eben noch so gefreut hatte. Natürlich erzählte ich ihr auch von meinem persönlichen Erlebnis im „Palast der Lüste".

Beate ließ, als ich gerade mit der Beschreibung endete, wie ich mit dem Saft eingerieben wurde, ein amüsiertes Lachen hören.

„Dann kann man also sagen, dass du auch deine Abreibung an diesem Abend bekommen hast. Seid ihr dann direkt nach Hause gefahren?", wollte sie wissen.

„Nein, nach einem letzten Getränk in der Bar sind wir noch einmal kurz gemeinsam unter die Dusche gegangen und haben einen kurzen Saunagang eingelegt."

„Prima! Jetzt kannst du ja entspannt den Sonntag genießen. Was hältst du davon, wenn Klaus und ich gleich bei euch vorbeikommen?"

So verabredeten wir uns für den Nachmittag. Jetzt musste ich nur noch Peter klar machen, dass der Nachmittag nicht mehr zur freien Verfügung stand.

„Was wollte denn Beate?", fragte mich Peter, als ich eine knappe Stunde später in die Küche kam, denn nach dem Thema Swinger musste Beate noch unbedingt von ihrer Woche erzählen.

„Nun, sie hat mich über unseren Abend im Swinger interviewt. Ich habe dir ja erzählt, dass ich sie das habe wissen lassen. Du weißt doch, dass sie auch früher regelmäßig dort Gast war."

„Und, hat sie kein Interesse mehr am swingen?"

„Vielleicht sie, aber Beate glaubt, dass ihr jetziger

Freund eifersüchtig werden könnte, wenn sie sich körperlich mit anderen einlässt."

„Das ist sicher kein seltenes Problem unter Paaren. Ich bin wirklich froh, dass wir dieses nicht haben. Hast du dir schon Gedanken gemacht, was dich als nächstes reizt, wenn wir noch mal in den Club fahren?"

„Das, mein Lieber, bleibt mein Geheimnis. Auch du wirst erst an der Eingangstür zum Swinger erfahren, welchen Raum ich dort mit dir besuchen möchte. Ich halte mich auch an unsere Abmachung. Übrigens, heute Mittag kommen Klaus und Beate vorbei. Frag dann noch mal Klaus, ob er nicht mit Beate und uns in den Swinger gehen möchte."

„Hältst du das für eine gute Idee, wenn wir mit Freunden zusammen in den Club gehen. Könnte das nicht Schwierigkeiten geben?"

Ich zuckte daraufhin nur die Schultern, denn dazu hatte ich mir noch keine Meinung gebildet. Meine Äusserung war eine spontane Bemerkung gewesen, ohne darüber vorher nachgedacht zu haben. Vielleicht hatte Peter recht damit, andererseits reizte mich die Vorstellung, mit den beiden die Räume des Clubs zu erforschen. Über die Folgen, die das haben könnte, hatte ich mir keine Gedanken gemacht.

Am Nachmittag kamen Klaus und Beate, mit denen wir in die Stadt fuhren, um gemeinsam Kaffee zu trinken. Da es endlich zu regnen aufgehört hatte, beschlossen wir spontan, noch einen kurzen Spaziergang am Rheinufer zu unternehmen.

Während Klaus und Peter vor uns gingen, hatte sich Beate bei mir eingehakt und schlenderte mit mir plaudernd hinter den Männern her. Sie erzählte mir von ihrer Arbeitswoche und berichtete vom neusten Büroklatsch.

„Beate hat mir erzählt, dass du mit Susanne in den Swinger-Club gehst." Klaus schaute sich nach den beiden Frauen um, bevor er Peter mit diesem Thema konfrontierte. Er sah seine Freundin fröhlich mit ihrer besten Freundin plappern. Der Abstand zu den Frauen war groß genug, so dass sie die Unterhaltung mit Peter nicht mitbekommen würden. Er wollte von ihm hören, wie er als Mann die Besuche im Club empfunden hatte. Wie er seine Freundin kannte, würde Klaus nicht die Gelegenheit dazu finden, wenn er die Frage in der grossen Runde stellen würde. Die beiden Frauen hätten sicherlich schnell das Thema an sich gerissen. Schließlich wusste jetzt nicht nur Susanne darüber zu berichten. Wie Beate ihm erzählt hatte, war sie früher auch öfters mit ihrem damaligen Freund in einen Club gegangen, sie könnte also auch etwas zu diesem Thema beitragen. Allerdings interessierte Klaus jetzt nicht die weibliche Sicht, denn die kannte er zur Genüge von Beate. Er wollte von einem Mann wissen, was in einem Swinger passiert und was Peter dort erlebt hatte. Er hoffte in einer Unterhaltung von Mann zu Mann darüber informiert zu werden, was in einem Swinger abläuft.

„Überrascht mich nicht, dass die Buschtrommel von

unserer neuen Freizeitbeschäftigung berichtet hat." Eigentlich war es Peter unangenehm, dass Klaus so unverblümt die Sprache auf dieses Thema gebracht hatte.

„Ich war mir nicht sicher, ob Susanne das für sich behalten kann."

Klaus versuchte, diese Tatsache herunterzuspielen, denn er wollte nicht, dass Susanne und sein Freund deswegen Probleme bekommen würden, weil er kein Geheimnis um seine Mitwisserschaft gemacht hatte. Er hatte nicht vor, Susanne mit seiner Bemerkung in eine unangenehme Lage zu bringen, weil er von Beate eingeweiht worden war.

„Ach, Peter, du kennst die beiden doch. Du weißt doch, wie eng ihre Freundschaft ist, und du kennst auch ihre Einstellung zu der Intimität ihrer Verbindung, die Beate immer mit ´Schwestern teilen alles` so schön umschreibt. Ich glaube, die beiden haben keine Geheimnisse. Ist doch auch gut, dass Frauen anscheinend kein Problem damit haben, ihr Herz bei einer engen Vertrauten offen ausschütten zu können."

„Ja, du hast ja recht. Schön, dass du aber den Weg gefunden hast, mich selbst darauf anzusprechen und nicht über Beate herauszufinden versuchst, was Susanne glaubt, was ich davon habe, wenn wir swingen."

Klaus ließ seinem Freund Zeit zu überlegen, was und worüber er nun erzählen möchte.

„Ein Arbeitskollege hatte mir von einem Swinger-Club erzählt. Da ich weiß, wie sehr Susanne sexuell erregt wird, wenn ich sie verbal damit stimuliere, indem ich ihr Bilder vorgebe, dass andere uns zusehen, wenn ich mit ihr schlafe, kam mir die Idee, auch einmal einen Swinger mit ihr zu besuchen."

Klaus grinste leicht, denn er wusste auch von Beate, dass dies damals mit einer der Hauptgründe war, aus denen heraus sie mit ihrem damaligen Freund die regelmäßigen Clubbesuche unternommen hatte. Ihm kam der Verdacht, dass Menschen mit der Vorliebe zum Swingen auch irgendwie heimliche Voyeure sein mussten.

„Hattest du denn gar keine Sorge, dass du zusehen müsstest, wie Susanne mit einem anderen Kerl schläft?"

„Nein, überhaupt nicht. Ich wollte immer schon mal sehen, wie Susanne mit ihrer Lust im Kreis von anderen umgeht. Außerdem reizte mich selbst die Vorstellung, mit ihr zusammen eine andere Frau zu lieben. Jetzt erzähle mir nicht, dass du dieses nicht zumindest aus deiner Fantasie her kennst."

„Ich bekenne mich schuldig. Aber im Swinger laufen doch nicht nur andere Frauen herum."

„Nein, leider nicht!" Jetzt musste Peter laut lachen, denn insgeheim hätte er nichts dagegen gehabt.

„Ich bin kein eifersüchtiger Typ. Selbstverständlich war mir auch klar, dass Susanne dort auf andere Männer trifft, die sie attraktiv genug finden könnte, um mit ihnen sexuell aktiv zu werden. Aber das wollte ich ihr überlassen. Ich finde es besser, wenn man diese Lust gemeinsam erlebt, als sie heimlich in einer geheimen

Liebschaft auszuleben. Ich denke, wehret den Anfängen. Abgesehen davon glaube ich nicht, dass man in der normalen Sexualität etwas verbieten sollte. "

„Glaubst du, du verhinderst ein Fremdgehen deiner Frau, wenn ihr einen Swinger besucht?"

„Allerdings glaube ich das. Zumindest wenn es das Fremdgehen aus purer Lust betrifft und nicht ein Verhältnis, das man aus Liebe eingeht. Weißt du, Susanne und ich sind in unserer Lust sehr offen. Wir kennen keine Tabus und so fanden wir es auch ganz normal uns eingestehen zu können, dass uns andere Menschen auch Lust machen. Wir wollten es nicht darauf ankommen lassen, dass wir uns anlügen müssen oder uns selbst einengen, weil wir wissen, dass das heimliche Ausleben sexueller Gelüste den anderen verletzen würde. Wir wollten uns und dem anderen treu bleiben."

„Aber ihr seid euch doch nicht mehr treu, denn schließlich schlaft ihr nun auch mit anderen."

„Das ist deine Sicht der Dinge und deine Interpretation von Treue. Für mich beginnt Treuebruch dort, wo ich nicht mehr ehrlich bin. Susanne sieht das ebenso. Da wir beide unsere Wünsche ehrlich aussprechen und es uns total wichtig ist, dass wir sie nicht heimlich ausleben, sondern nur mit dem anderen gemeinsam, fühlen wir uns treu zueinander. Weißt du, es geht uns nicht darum, völlig hemmungslos mit anderen zu vögeln, sondern gemeinsam Lust mit anderen zu erfahren. Susanne und ich haben uns lange darüber unterhalten und sind nicht einfach blauäugig in den Club gefahren. Uns war schon wichtig herauszufinden, worin der individuelle Reiz für den anderen lag, ein Clubleben kennenlernen zu wollen. Hätte einer von uns gesagt, dass wir endlich mal wieder mit einem anderen Menschen schlafen wollen, wären wir nicht gemeinsam dorthin gefahren. Unsere gemeinsame Lust liegt darin, dies zwar zu tun, wenn sich die Gelegenheit bietet, aber nur im Dabeisein und mit dem Partner. Ich kann dir nur sagen, dass es uns beide ungemein sexuell stimuliert hat, dabei zusehen zu können, wie sie oder ich plötzlich Lust hatten, mit anderen in Aktion zu treten. Für uns beide war es ein weiterer Anreiz, den Partner an dieser körperlichen Liebesaktion zu beteiligen. Für mich war das der Ausdruck tiefen Vertrauens, den anderen dabei haben zu wollen, wenn man seine Lust auslebt und ein deutlicher Beweis, dass wir beide uns sehr frei gehen lassen können, weil wir uns diesen Spaß gegenseitig gönnen können. Mein Motto: Wenn es uns Spaß macht, was kann dann falsch daran sein? Außerdem macht es auch großen Spaß, einfach nur seine voyeuristische Seite zeigen zu können."

„Also keine Spur von Eifersucht, wenn du Susanne zugesehen hast, wie sie von einem anderen penetriert wird oder den Penis eines anderen bläst und leckt?"

„Nein, wirklich nicht, Klaus. Denn Susanne hat das im Club nie isoliert von mir gemacht oder erlebt. Ausserdem haben wir uns selbst Regeln für die Besuche aufgestellt, an die wir uns auch halten."

„Ich höre daraus, dass doch nicht alles so einfach ist, wie du es eben versucht hast, hinzustellen."

„Doch, genau so einfach war und ist es. Das Aufstellen und Einhalten von Regeln dient doch nur dazu, dass es einfach bleiben kann. Vorausgesetzt, diese Regeln haben einen Sinn und werden von beiden formuliert und akzeptiert. So war eine Regel, dass wir alles, wirklich alles zusammen erleben. Das heißt im Klartext, dass sich keiner im Club vom anderen abseilt. Eine andere Regel ist die, dass wir uns nur mit anderen amüsieren, die auch dem Partner angenehm sind. Was bringt es, wenn ich mich von einer Frau verwöhnen lasse, die Susanne absolut ablehnt, aus welchen Gründen auch immer. Wir haben uns gesagt, sollte dieser Fall eintreten, genügt es, dem anderen das zu signalisieren. Natürlich haben wir auch schon Situationen erlebt, in denen wir plötzlich mit Umständen konfrontiert wurden, mit denen wir nicht gerechnet hatten. Jeder hat dann so reagiert, wie er es für richtig hielt, auch wenn die Art und Weise der Reaktion vielleicht dem Partner erst einmal unverständlich erschien. Allerdings haben wir auch das gemeistert."

Jetzt hielt Peter kurz inne. Nach einer Pause fügte er hinzu: „Manchmal muss man auch einfach Toleranz beweisen und damit dem anderen das Vertrauen schenken, dass er weiß, wie er mit dieser so rücksichtsvoll umzugehen hat, damit er dem anderen nicht schadet oder vor den Kopf stößt. Freilassen, auch in sexueller Hinsicht, bedeutet für uns, dass wir akzeptieren, dass jeder die Möglichkeit haben muss, seine eigene Intimität erfahren zu können. Wir fragen uns deshalb nicht gegenseitig, warum der eine dies oder das aus Lust gemacht hat, vor allem nicht mit dem Hintergrund eine Rechtfertigung für das Tun zu erhalten, sondern akzeptieren unser gegenseitiges Verhalten als ein Ausprobieren. Zugegeben, mit der Einschränkung, dass die Lust des Partners nicht durch die eigene eingeschränkt wird. Der Swinger-Club, in den wir gehen, hat uns wirklich enger zusammen gebracht, weil wir neue Seiten an uns erfahren und auch gegenseitig zulassen können. Unsere Lust ist neu definiert. Ich habe zum Beispiel erst seit kurzem erfahren, dass Susanne wohl den Reiz empfindet, eine neue Lust erfahren zu können, in der sie devot sein kann. Ich glaube, dass sie das selbst nicht vorher wusste, denn sie kam selbst erst darauf, als wir vor dem Raum „Domina-Studio“ standen. Wir konnten zwar noch keinen Blick hineinwerfen, aber seitdem kreisen ihre Gedanken um S/M Praktiken. Irgendwie hat sie mich damit angesteckt, denn ich würde Susanne gerne einmal in dieser Rolle erleben.“

„Ja, auch davon habe ich gehört. Zumindest erwähnte Beate diesen Raum. Stimmt es, dass ihr alle Räume ausprobieren wollt, dass quasi eure Besuche unter einem sogenannten Themenabend stehen?“

Klaus grinste in sich hinein. Die Frauen hinter ihnen schienen nichts von dem Gespräch der beiden Männer zu ahnen, denn sonst hätten sie ihr Gespräch sicher unterbrochen, um ihre Ohren frei für die Wortfetzen zu haben, die die Männer sich hin- und her warfen. Diesen real gehörten Wortfetzen aus dem Gespräch ihrer

Männer hätten sie solche aus ihrer Fantasie zugefügt. So wäre wohl ein völlig neues Gespräch mit anderem Inhalt zusammengebastelt worden.

„Ja, das stimmt. Wenn wir in den Swinger fahren, darf immer ein anderer vor der Tür des Clubs sagen, in welchen Raum er an diesem Abend gehen will. Wir wollen damit unsere Lust interessant halten und die Abende im Swinger als etwas Besonderes gestalten. Wie gesagt, uns liegt nicht in erster Linie daran, einfach mal nur fröhlich drauflos zu..."

Diesmal konnte Peter nicht weiter reden, denn Beate hatte sich zu ihnen herum gedreht. Ihr hätte das Wort auch nicht gut gefallen, das Peter über die Lippen bringen wollte, denn obwohl sie sehr freizügig beim Liebesspiel zoten konnte, hasste sie diese Art von Worten dennoch, wenn sie aus dem Schlafzimmer getragen und formuliert wurden.

„Na, ihr scheint euch ja gut zu amüsieren. Worüber redet ihr denn?"

„Über das, wie Frauen sich im Verkehr verhalten", konterte Klaus und wieder an Peter gerichtet:

„Noch nicht mal gelogen!"

Kopfschüttelnd dreht sich Beate wieder um und plauderte vergnügt mit Susanne weiter.

„Kannst du dir nicht vorstellen, mit Beate mal in einen Club zu gehen?"

Klaus sah angestrengt ins Nichts, als würde er dort eine Antwort finden, auf die Frage, die er sich selbst schon seit langem gestellt hatte. Aufgeworfen wurde sie von Beates Erzählungen, ferner von ihren ausführlichen Beschreibungen von Susannes Swinger-Erfahrungen, die sie unverblümt an ihn weitergegeben hatte. Bei ihren Umschreibungen hatte er ein Zucken in seiner Peniswurzel gespürt, das sich langsam bis zur Eichel hochgezogen hatte. Es waren nicht einmal ausführliche Beschreibungen vom Geschlechtsverkehr, die ihn so erregt hatten, sondern eher das Unausgesprochene, das er in seiner Fantasie bebilderte. Er bekam von Beate eine vage Skizze geliefert, die er mit seinen Vorstellungen zu einem Bild vollenden konnte. Sie erzählte von den Swinger-Besuchen ihrer Freunde nur so viel, dass es ihn geil machte und so wenig, dass er darauf brannte, feststellen zu können, ob sein selbstgemachtes Bild mit der Wirklichkeit übereinstimmte. In diesem Moment waren seine anfänglichen Bedenken, dass er es nicht ertragen könnte, seine Frau mit einem anderen Mann im Liebesspiel versunken zu sehen, von der Bildfläche gänzlich und tabulos verschwunden.

„Welche Räume stehen denn noch aus?"

„Nun, mein Lieber, nicht mehr viele. Im Grunde nur noch die „Dunkelkammer" und das geheimnisvolle „Domina-Studio"".

Nachdenklich fragte Klaus jetzt:

„Und, wer darf das nächste Mal aussuchen?"

„Susanne ist am Ball. Da das Paar, das uns eingewiesen hat, erwähnte, dass sie Leute aus dem Swinger kennen, die uns eventuell das „Domina-Studio" näher zeigen werden, wir aber noch keinen Kontakt zu den beiden gefunden haben, wird Susanne wohl die „Dunkelkammer“ vorschlagen. Ich hoffe es jedenfalls, denn ich möchte nicht wie der absolute Anfänger plötzlich mit Peitsche und Andreaskreuz umgehen müssen. Mir wäre es da wirklich lieber, wenn Susanne und ich erst einmal einer Behandlung in diesem Raum zusehen könnten. Ich denke, dabei wird sich schon herausstellen, ob wir dann überhaupt noch Lust haben, das alles am eigenen Leib ausprobieren zu wollen.“

„Das möchte ich mir jetzt nicht näher vorstellen müssen. Erzähle mir lieber, wie ich mir die „Dunkelkammer“ vorstellen muss.“

„Das, was es schon erahnen lässt. Der Raum ist völlig abgedunkelt. Man kann nur noch schemenhaft Menschen erkennen. Der Kick in diesem Raum ist, dass man andere nicht erkennen kann und sich fast blind herantasten muss. Dort ist wirklich alles anonym, was der Lust sicher förderlich ist, wenn man das Ausgeliefertsein als eine Inspiration empfindet. Beide sollten Vergnügen daran haben, sich dem anderen auszuliefern, egal ob devot oder dominant. Für mich ist beides übrigens nur mit Liebe zum anderen denkbar. Wenn ich mir vorstelle, wie sich Susanne mir unterwerfen würde, dann macht mich das nur an, weil ich weiß, dass sie mich liebt und mir mit diesem Gefühl blind vertrauen kann und weiß, dass ich sie nicht nur auf dem Boden kriechen lassen würde, sondern sie auch wieder aufbauen würde, bis sie wieder ebenbürtig mit mir den Alltag der Partnerschaft lebt.“

Klaus schaute seinen Freund erstaunt an.

„Du scheinst dir ja schon mehr als nur Gedanken gemacht zu haben, was diese Art von Sex betrifft, denn du scheinst beide Räume schon durcheinander zu bringen. Ich hatte dich nach der „Dunkelkammer" gefragt und als du von der völligen Dunkelheit dort sprichst, bist du plötzlich im Thema „Domina-Studio". Ich habe den Eindruck, dass dich die Vorstellung einer dir und deiner Lust ausgelieferten Susanne richtig scharf macht."

In diesem Moment des Gespräches unter Männern, waren die Frauen stehen geblieben, damit ihre Partner wieder zu ihnen aufschließen konnten.

Klaus versuchte noch schnell eine Bemerkung los zu werden, bevor die Frauen sie hören könnten und sagte jetzt etwas leiser:

„Mann, oh Mann, du hast mich jetzt wirklich neugierig gemacht. „Dunkelkammer"! Kannst du nicht mal anrufen, bevor ihr das nächste Mal in den Club geht? Ich denke, ich muss Beate nicht überreden, ebenfalls mit mir in den Swinger zu gehen. Vielleicht kann ich sie dann mal endlich davon überzeugen, dass ich nicht so eifersüchtig bin, wie sie immer vermutet."

„Mein Lieber, ich glaube, ich habe dich nicht neugierig, sondern geil gemacht. Die Vorstellung, dich in einem dunklen Raum mal nicht an der Wand entlang tasten zu müssen, scheint dir zu gefallen."

Jetzt war es Klaus, der sich etwas unwohl bei diesem Thema fühlte, aber bevor das Thema wieder gewechselt wurde, weil die Frauen sich nun beim jeweiligen Partner eingehakt hatten, rief er Peter noch die Bemerkung zu:

„Denk drüber nach. Du hast ja meine Telefonnummer. Die nächsten Wochenenden haben wir auch noch keine Termine."

„Habe ich was verpasst? Was habt ihr denn vor?"

Klaus nahm Peter die Antwort vorweg. „Wir hatten überlegt, dass es doch schön sein könnte, mal wieder einen gemeinsamen Spielabend zu veranstalten"

„Super Idee", trällerte Beate.

„Manchmal habt sogar ihr gute Ideen."

Wir verbrachten einen richtig entspannten und lockeren Nachmittag mit Beate und Klaus. Auf dem Spaziergang schienen sich Klaus und Peter richtig gut unterhalten zu haben, denn sie waren darauf bedacht, immer genügend Abstand zu mir und Beate zu haben und nicht zu dicht aufzuschließen. Es kam mir vor, als wollten sie vermeiden, dass wir Mädels etwas von ihrem Gespräche hören. Ich habe Klaus und Peter selten so intensiv in einer Unterhaltung versunken gesehen. Wahrscheinlich ging es mal wieder um berufliche Belange.

Kapitel 5
„Dunkelkammer“

Seit unserem letzten Treffen mit Beate und Klaus waren zwei Wochen vergangen. Leider war es bisher noch nicht zu einem gemeinsamen Spielabend gekommen. Aber das war kennzeichnend für unsere beiden Männer. Erst schlugen sie etwas vor und vergaßen es dann kurz darauf wieder. Ich nahm mir vor, die Planung für einen solchen Abend nicht zu übernehmen. Beate war da ganz meiner Meinung, die sie mir bei einem Telefonat kundtat.

„Das ist ja mal wieder typisch für Klaus und Peter. Erst schlagen sie einen Spielabend vor und bekommen es dann nicht hin, diesen auch mal terminlich festzulegen. Aber ich sage dazu nichts mehr, wir können uns ja auch genauso gut mal wieder alleine treffen.“

Uns beiden war zu diesem Zeitpunkt noch nicht klar, dass unsere Männer unter dem vorgeschlagenen Spielabend etwas ganz anderes verstanden, als wir Frauen.

Als wieder ein Wochenende vor uns lag, an dem Peter nichts davon erwähnte, dass wir ja mal wieder Beate und Klaus treffen könnten, stellte ich mich darauf ein, einen gemütlichen Freitagabend mit einem Glas Wein ein Buch lesend auf der Couch zu verbringen. Peter zog sich in sein Arbeitszimmer zurück, weil er sich noch für einen geschäftlichen Termin vorbereiten wollte.

Während ich mich in meinem Buch versunken fühlte, merkte ich anfänglich überhaupt nicht, dass zwar meine Augen noch die einzelnen Zeilen der Seiten verfolgten, meine Gedanken aber längst nicht mehr dem Gelesenen folgten. Immer wieder erinnerte ich mich unserer letzten Besuche im Swinger. Ich fragte mich, was wohl aus unseren Paten Rainer und Christina geworden war, die wir nicht mehr getroffen hatten und überlegte, ob ich wohl jemals erfahren würde, was sich im „Domina-Studio" abspielen könnte. Dabei spürte ich, wie sich eine wohlige, prickelnde Hitze in meinem Schoß breit machte. Ich legte das Buch aus den Händen und ließ sie über meinen Körper streichen, wo sie sich auf meine Brüste legten. Ich tauchte ein in eine erotische Fantasie, in der ich mich als unterwürfige Liebesdienerin sah, die ihrem Herrn zu seiner Lust zur Verfügung stand, während er meine eigene Lust qualvoll ignorierte. Dieser Gedanke machte mich regelrecht geil. Ich zog meinen Rock hoch und streichelte meine Vagina, die heiß und pulsierend unter dem dünnen Stoff meines Slips lag. Innehaltend kam mir eine Idee: Warum sollten wir diesen Freitag zu Hause bleiben, wenn es doch noch nicht zu spät für einen Besuch im Swinger war. Allerdings wusste ich, dass Peter heute dazu nur noch schwer zu überreden war, denn wenn er einmal arbeitete, war es nicht leicht, ihn noch aus dem Haus zu locken. Zu Hilfe kam mir aber die Tatsache, dass wir beide noch nichts an diesem Abend gegessen hatten. Ich könnte doch einfach vorschlagen, noch ein Restaurant besuchen zu wollen. Dass dieses das im Swinger sein würde, bräuchte ich ja nicht zu erwähnen. Alles andere würde sich ja dann ergeben. Da ich auch an der Reihe war, einen Raum im Club vorzuschlagen, hatte ich keine Hemmungen, ihn auf Umwegen in einen solchen zu führen.

Die Erinnerungen an Liebesspiele im Club hatten mich so gierig auf Sex an diesem Abend gemacht, dass ich Peter ohne Skrupel erst einmal in die Irre führte.

Ich ging hinüber ins Arbeitszimmer, öffnete leise die Türe und sprach Peter an, der seinen Kopf über seine Akten gesenkt hatte.

„Ich habe Hunger. Hast du nicht Lust, dass wir eine Kleinigkeit beim Italiener essen gehen“

Peter blickte hoch und schien enttäuscht zu sein.

„Italiener? Ich hatte gehofft, du würdest mich heute in den Swinger einladen. Ich brenne darauf zu erfahren, welchen Raum du mir vorschlagen würdest.“

„Nein, heute habe ich keine Lust“, log ich, denn ich wollte ihn überraschen.

„Na gut, dann lass uns was essen gehen, wenn du schon auf Sex keine Lust hast. Heißt das denn, dass du den ganzen Abend über keusch bleiben willst? Also, ich wüsste schon wie du mich erfolgreich von den Akten fern halten könntest und wie ich dich lustvoll stimmen könnte.“

Ohne eine Antwort darauf abzuwarten, zog er mich zu sich heran, ließ seine Zunge über seine Lippen streichen und drückte sie dann tief in meinen Mund hinein. Ich liebe es zu küssen, das weiß er genau. Immer dann, wenn er glaubt, mich verführen zu müssen, damit wir sexuell aktiv werden, fängt er mit Zungenspielen an. Es erregt mich, wenn unsere Zungen sich umkreisen, ihre Spitzen aneinander stoßen und unsere Münder den Körper eines anderen küssend und leckend erforschen können. Er braucht nur kurz seinen Atem an meinen Hals strömen zu lassen, während er seinen Mund ganz zart auf meine Halsbeuge drückt, um mich von jetzt auf gleich erotisch zu stimulieren und richtig heiß zu machen. Ich bin machtlos seinen Küssen ausgeliefert und zerschmelze dabei wie Butter unter der Sonne.

Ich erwiderte seinen fordernden Kuss und drückte mich noch enger an ihn. Seine Zunge leckte nun selbst begierig über meinen Hals, den ich ihm anbot. Sein Becken drückte sich gegen meines, so dass sich sein erigiertes Glied gegen meinen Venushügel drückte. Es hätte nicht viel gefehlt und ich hätte die Akten vom Schreibtisch zur Seite geschoben, damit ich mich selbst darauf hätte hinlegen können. Ich hätte mich ihm gerne angeboten, aber ich riss mich zusammen, weil ich noch ein Ziel vor Augen hatte, das mir noch mehr Lust versprach. Alle Nerven in meinem Körper waren nun angespannt und ich wollte befriedigt werden. Am liebsten, wie gesagt, auf der Stelle. Nur mühsam wehrte ich mich gegen die aufkeimende Begierde, auf dem Tisch sofort von ihm genommen zu werden. Alles in mir war bereit, ihm meinen geöffneten Schoß zu präsentieren, das Höschen herunter zu streifen und ihn sich in mich dringen zu lassen. Was mich davon abhielt, war allein die Vorstellung, dass ich dafür heute einen besonderen Raum brauchte. Also wehrte ich weitere Küsse von ihm ab und schob ihn sanft von mir.

„Liebe geht durch den Magen! Komm, lass uns noch schnell unter die Dusche springen und losfahren, bevor es für die Nachspeise zu spät wird."

Ich brauchte diesen Hinweis nicht zweimal zu geben. Sofort steuerte Peter das Badezimmer an, entkleidete sich und sprang unter den warmen Wasserstrahl. Ich tat es ihm gleich und ließ zu, dass er kurz in mich eindringen konnte, windete mich jedoch nach einigen Stößen aus seiner Umklammerung.

„Nicht zu viel von der Vorspeise essen, sonst hast du gleich keinen Hunger mehr."

„Man kann auch sagen, dass du eine Spielverderberin bist. Vielleicht hast du auch einen Hang zum Sadomasochismus."

Mit einem schnellen Griff zog ich das Handtuch, das neben der Duschkabine lag, über meine Hüften und lief schon ins Schlafzimmer vor. Peter kam gerade in dem Moment zu mir ins Zimmer, als ich meine schwarzen halterlosen Strümpfe anzog und nur bekleidet mit einem knappen String vor dem Bett stand.

„Wir wollten nur essen gehen, oder?"

„Ja, nur essen gehen. Aber ein bisschen Appetit machen für die Nachspeise möchte ich dir schon."

„Du weißt genau, was mich scharf macht. Jetzt, wo ich weiß, was du unter dem Rock trägst, schlage ich einen Schnellimbiss vor."

Im Flur griff ich nach dem Autoschlüssel und fuhr mit Peter aus unserer Einfahrt heraus.

„Zum Italiener geht es aber in die andere Richtung."

„Ich weiß, aber ich wollte mal ein neues Restaurant ausprobieren. Lass dich überraschen."

Nach einer Viertelstunde Fahrt dämmerte es Peter langsam, welche Gaststätte ich meinte. Ohne weiteren Kommentar ging er neben mir die Stufen zum Club hoch.

„Du bist ein raffiniertes Biest, wusstest du das?", flüsterte er mir zu. An der Art und Weise wie seine Stimme leicht dabei zitterte, konnte ich spüren, dass ihm meine Überraschung gefiel.

Als ich gerade den Finger auf die Klingel des Clubs legte, sprang er wieder zwei Stufen zurück.

„Oh, entschuldige, Liebling, ich muss noch eben einen Kollegen anrufen. Ich habe ganz vergessen, dass er heute noch auf einen Anruf von mir wartet. Ich werde ihm schnell sagen, dass ich es heute nicht mehr schaffe, mit ihm den Vertrag besprechen zu können, den wir bis nächste Woche aufsetzen müssen."

Er ging noch weiter von mir fort, während er sein Handy aus der Jackentasche zog und eine Nummer wählte. Ich konnte nicht hören, was er seinem Kollegen als Begründung für den Aufschub des Telefonats gab, aber es war nur ein kurzes Gespräch. Ich wusste auch nicht, welchen Kollegen er anrief, aber ich würde es am nächsten Tag erfahren, wenn auch nicht von ihm.

„Das ging aber schnell."

„Männer brauchen nicht viele Worte, um sich zu erklären."

„War er nicht verärgert, dass du ihm abgesagt hast?"

Peter sah mich verschmitzt an.

„Nein, ich habe ihm gesagt, dass wir ihn und seine Frau mal zu einem Spielabend einladen werden und dass wir dabei auch mal kurz über das Geschäft sprechen könnten."

Dass dieser Spielabend der heutige sein würde, kam mir nicht in den Sinn. Ich hatte nicht mit der männlichen Raffinesse gerechnet, denn ich war zu sehr von meiner eigenen geglückten Täuschung begeistert, mit der ich Peter heute in den Swinger gelockt hatte.

„Sag mir, meine Liebe, welcher Raum wird es heute sein?"

„Die „Dunkelkammer", Peter. Ich möchte mit dir die Hand nicht mehr vor Augen sehen, aber viele Hände spüren."

Wieder empfing man uns überaus freundlich im Swinger. Der Portier, der uns nun schon kannte, streckte uns seine Hand entgegen.

„Ich soll euch einen schönen Gruß von Christina bestellen. Sie sagte mir, solltet ihr heute zufällig auch kommen, dass sie und Rainer gegen zwölf Uhr in der Bar sein werden und hoffen, euch dort zu treffen. Sie meinte, ihr wüsstet schon, worum es geht. Wenn ich das richtig verstanden habe, dann wollten sie euch ihren Freunden vorstellen."

Sofort setzte mein Herz einige Schläge aus. Ich freute mich wirklich, die beiden mal wieder zu sehen. Die Ankündigung, dass sie uns mit den zwei anderen Clubbesuchern bekannt machen wollten, die uns vielleicht mit ins „Domina-Studio“ nehmen würden, stimmte mich aufgeregt. Ich dachte mir, dass es nur dieser Grund sein könnte, weswegen sie uns treffen wollten. Nein, ich hoffte es.

„Das ist ja ein schöner Zufall. Na klar, wir werden um zwölf in der Bar sein. Vielleicht laufen wir ihnen ja vorher noch über den Weg.“

Der Portier lächelte in seinen Bart.

„Das glaube ich nicht, denn sie sind mit ihren Freunden im „Domina-Studio“. Und das ist bis halb zwölf gebucht. Ihr könnt euch also Zeit lassen. Viel Spaß euch!“

Mir lief ein erregender Schauer über den Rücken, den ich mir mit einem Glas Sekt in der Bar hinunter spülte, während ich auf Peter wartete, der wieder in der Umkleide verschwunden war. Ich hatte mir ein stilles Eckchen in der Bar gesucht, in der ich den ganzen Raum im Blick hatte. Auf der kleinen Bühne im Raum standen vier nackte Männer, die ihre Hände auf dem Rücken verschränkt hielten. Vor ihnen kniete eine nackte Frau, die ebenfalls ihre Hände auf dem Rücken hielt. Ihre Augen waren mit einer weißen Binde verbunden. Nacheinander stellten sich die Männer vor sie hin. Erst wusste ich nicht, was sich dort abspielte, bis ich ein Gespräch eines Paares mitbekam, das neben mir am Tisch saß. Die Frau stellte ihrem Mann die gleiche Frage, die ich auch hatte.

„Was machen die dort eigentlich?"

„Das Spiel heißt: Erkenne blind deinen Mann."

Jetzt war mir die Spielidee klar, die dort auf der Bühne umgesetzt wurde. Die Frau auf dem kleinen Podium in der Ecke der Bar versuchte zu erraten, welcher Mann der ihre war. Um das herauszufinden, durfte sie nur ihren Geruchs- und Geschmackssinn einsetzten. Die Zunge musste hier ihre Hände ersetzen und ertasten, was sonst ihre Fingerspitzen verraten würden. Ihre Nase sollte anhand des Geruchs erkennen, ob ihr Mann vor ihr stand und ihr dabei helfen, mit den Geruchsnerven ein inneres Bild aufzubauen, das ihr ansonsten ihre Augen geben würden.

Die Frau, der alle beim „Blinde Kuh-Spiel" zusahen, schien sichtlich Spaß an den Regeln zu haben, denn sie saugte und schnüffelte mit großer Leidenschaft an den Männern, die sich nacheinander vor sie stellten, ohne ihre Stimmen hören zu lassen oder sie zu berühren.

„Hallo! Was wird denn hier gespielt? Erkenne deinen Mann?" Peter setzte sich neben mich in die Ecke und beobachtete das Geschehen auf der Bühne.

„Sieht ganz so aus. Ich glaube jedoch nicht, dass sie ihren Mann erkennen wird."

„Ich hoffe es aber für sie. Ihr eigener Mann könnte vielleicht nicht mehr amüsiert bleiben, wenn sie ihn nicht identifiziert."

„Ach, Peter, sei doch kein Spielverderber. Das ist

doch nur Spaß und dabei steht sicher nicht im Vordergrund, den Partner zu erkennen, sondern die Gelegenheit zu haben, bei mehreren Männern gleichzeitig auf den Geschmack zu kommen", provozierte ich Peter. In Wirklichkeit fand ich persönlich dieses Spiel etwas fade. Natürlich liebe ich Oralsex und habe nichts daran einzuwenden gehabt, in dem Swinger auf den Geschmack zu kommen, aber das geschah immer im Beisein von Peter und in einer lustvollen Atmosphäre, die wir uns in einem etwas intimeren Rahmen gesucht haben.

Trotzdem machte es uns Lust, in dieser Bar erst noch eine Weile zusehend zu verbringen. Die Geilheit, die diese Frau dort oben zu spüren schien und das Lustgestöhne, dass die Männer verlauten ließen, steckte auch uns an. Nach vier Runden, in denen sie einen Mann nach dem anderen wiederholt abgeleckt, geblasen und beschnüffelt hatte, ließ sie erkennen, ihren Mann erkannt zu haben. Jedenfalls richtete sie sich vor einem der Männer auf und suchte mit zum Kuss geformten Lippen den Mund des Mannes vor ihr zu finden. Ohne abzuwarten, ob es denn auch wirklich ihr Liebster war, den sie unter den anderen blind zu erkennen glaubte, zog mich Peter hinter sich raus aus der Bar.

„Warum hast du es auf einmal so eilig? Ich wollte zumindest noch wissen, ob..."

„Liebe Susanne, ich bin auch nur ein Mann und möchte meinen Schuss nicht in der Bar abfeuern. Komm, lass uns jetzt in die „Dunkelkammer" gehen."

„Sollen wir hier nicht erst etwas essen? Hast du etwa keinen Hunger mehr?"

„Doch, ich werde schon in der „Dunkelkammer" eine Kleinigkeit finden, die meinen Hunger stillt."

Ich schüttelte den Kopf über Peters Bemerkung.

„Bleibe aber bitte in meiner Nähe, Peter, und lass mich nicht allein dort zurück."

„Du kannst dich darauf verlassen, wir werden uns schon nicht im Darkroom verlieren."

Leise öffneten wir die Tür zur „Dunkelkammer" und schoben vorsichtig den Vorhang zur Seite, der noch vor dem eigentlichen Eintritt hing. Wir standen in einem kleinen Vorzimmer, das nur noch spärlich beleuchtet war und unsere Augen an die vor uns liegende Dunkelheit gewöhnen sollte. Aufgeregt schob ich nun den Vorhang zur Seite, drückte fest Peters Hand und stieg ab in die Unterwelt. Zumindest hatte ich in diesem Moment den Eindruck, dass es sich hier um diese handeln könnte. Abgesehen von absoluter Dunkelheit, nahm ich als erstes die Wärme wahr, die mich hier umfing. Meine nackten Füße, Schuhe waren hier in diesem Raum nicht erlaubt, schritten zögerlich über einen weichen Teppich, der angewärmt von einer Fußbodenheizung angenehm unter meinen Fußsohlen nachgab. Zunächst tasteten sich Peter und ich an der ausgepolsterten Wand entlang und fühlten dort ein breites Sofa, auf dem wir uns erst einmal niederfallen ließen. Wir mussten uns an die Dunkelheit gewöhnen und hatten wohl beide das Bedürfnis, die auf uns eindringenden Stimmen und Geräusche zu sortieren. Ich wollte herausfinden, was mir diese Geräuschkulisse verriet. Welchen Geschlechts entstammten die einzelnen Stimmen, welches Tun offenbarten sie, wo fand was im Raum statt?

Peter erging es wohl ähnlich, denn er saß völlig ruhig neben mir. Nicht einmal sein Atem war zu hören, seine ganzen Sinne waren darauf konzentriert, das Räumliche um ihn herum aufzunehmen und das menschliche Treiben vor und neben ihm ohne Augen zu erkennen.

Wir saßen eine kleine Weile stumm nebeneinander, bis sich unsere Augen langsam an die Dunkelheit gewöhnt hatten und aus der anfänglichen Schwärze um uns herum ein tiefes Grau wurde, das schemenhaft die Menschen erkennen ließ, die mit uns die „Dunkelkammer" teilten. Die Lichtverhältnisse ließen jedoch nicht zu, dass man Gesichter erkennen konnte. Man nahm andere Körper wahr, aber keine Einzelheiten. Meine anfängliche Unsicherheit, die von der Abwesenheit eines Lichtes hier ausgelöst wurde, wich einer Lust, die nun gerade von diesem Mangel erzeugt wurde. Jetzt, wo ich schemenhaft Menschen sehen konnte, fasste mich das unbändige Verlangen diese zu ertasten und an mir zu spüren. Vielleicht auch in mir zu fühlen.

Gerade, als ich aufstehen wollte, spürte ich eine Hand, die sich seitlich über meine Brüste schob. Erschrocken über die plötzliche Berührung, stieß ich einen kleinen Schrei aus, der jedoch in einem wohligen Ausatmen gipfelte, denn die Art und Weise, wie die

Hand mich berührte, gefiel mir. Die Hand des oder der Unbekannten war groß, schmiegte sich bestimmt über meine Brust, schob sich zärtlich hinüber zur anderen und blieb dort liegen. Zeigefinger und Daumen begannen meine Brustwarze zu zwirbeln. Ich muss noch mehr und lauter gestöhnt haben, denn nun legte auch Peter eine seiner Hände auf meinen Schenkel. Ich weiß noch, wie ich meinen Kopf zurück an die Wand hinter mir lehnte und mich einfach nur dem Genießen auslieferte. Ich öffnete leicht meine Beine und ließ zu, dass Peter nun intensiv die Innenseiten meiner Schenkel streichelte. Ich weiß nicht einmal, ob die Hände, die meine Brüste bearbeiteten, zu einem Mann oder einer Frau gehörten. Das Licht in diesem Zimmer ließ mich die Person, die neben mir saß, nicht genau erkennen. Ehrlich gesagt war es mir auch in diesem Moment egal. Ich wollte nur noch Hände spüren, die sich auf meinen Leib legen. Peter begann meine Lippen zu suchen und küsste mich sehr innig. Meinen Kopf zur Seite gelegt und Peter zugewendet, drückte ich meinen Oberleib weit nach vorne, um mich der Massage, die mir die fremden Hände schenkten, nicht zu entziehen. Jede einzelne Pore meiner Haut saugte die Annäherung der beiden Menschen, die mich geradezu mit Zärtlichkeit überschütteten, auf.

„Komm her, rutsch auf meinen Schoß", forderte mich Peter auf.

Ich ließ mich von seinen Worten treiben, schob die Hände, die meinen Busen massierten, sanft von mir und setzte mich rittlings auf meinen Mann. Da meine Erregung schon aus mir heraus und über meine Schenkel floss, konnte ich mich ganz leicht über den Penis meines Mannes auf ihn nieder setzen, so dass er mühelos in mich eindringen konnte. Ich stütze mich auf seiner Schulter ab und gab ihm einige leichte Stöße mit meinem Schoß, so dass er noch tiefer in mich eindringen konnte. Dann verharrte ich in dieser Position und nahm einen erneuten Hautkontakt wahr. Diesmal war es ein Mund, der sich ganz zaghaft auf meine Schulter drückte. Ich blieb ruhig auf meinem Mann sitzen, war fasziniert von diesem Gefühl, das mir der Mund gab. Besonders aufregend war es, weil ich nicht wusste, wer sich mir küssend angenähert hatte. Meinen Kopf auf Peters Schulter legend, drückte ich mich entspannt an seinen Körper und ließ mich von einer fremden Zunge ablecken. Der leicht geöffnete Mund, aus dem ab und zu die Zungenspitze drang, küsste und leckte mir über den Hals. Ich wurde von einem leichten Zittern erfasst, denn meine erogene Zone am Hals wurde dadurch äußerst gereizt. Ich gab diesen Reiz an Peter weiter, in dem ich wieder einige kleine Beckenbewegungen vollzog. Ich hob meinen Körper so weit hoch, dass sich seine Penisspitze fast wieder aus meiner Scheide zog. Ich verhinderte das durch einen nun heftiger ausgeführten Stoß, der mich wieder bis zu seiner Peniswurzel hinunter fahren ließ. Ich fühlte mich nun aufgespießt und fest mit ihm verwurzelt. Ruhig auf ihm fest sitzend, leckte die Zunge nun über meinen Rücken und verharrte über meiner Pospalte. Ich erschauderte vor Wonne und drückte meinen Hintern heraus, wobei ich mich leicht öffnete und der Zungenspitze den Einlass erleichterte. Ich wimmerte nun leise vor mich hin.

„Du bist eine unersättliche Stute“, raunte mir Peter mit seiner tiefen Stimme zu. „Wird es dir gut gegeben?“ Unfähig darauf zu antworten, grunzte ich jetzt vor Wollust.

Nachdem sich die Zunge aus meiner Pospalte zog, wurde meine Hüfte fest von kräftigen Händen umfasst. Die mir unbekannten Händen hoben und senkten mich mit einer Leichtigkeit auf dem Schoß meines Mannes auf und nieder, als sei ich eine Feder.

Ich wurde in dem Rhythmus, mit dem ich meinen Mann ritt, völlig fremd bestimmt. Ich hatte zwar meinen Mann in mir aufgenommen, aber die Hände bestimmten die Intensität des Verkehrs unserer Geschlechter. Ich war völlig außer Kontrolle, denn mein Kopf ließ keine Bedenken oder Gedanken zu. Nur noch Körperlichkeit beherrschte mich und ich genoss diese Erfahrung in vollen Zügen. Meine Finger, die vorsichtig über das Gesicht meines Mannes tasteten, stellten fest, dass seine Augen während des Aktes fest geschlossen waren. So kannte ich ihn in Augenblicken absoluter Erregung. Auch er war völlig mit der Lust beschäftigt, kopflos Gefallen daran findend, sich nicht zu kontrollieren.

Kurz bevor ich meinen Orgasmus erlebte, entfernten sich die Hände von mir mit der Plötzlichkeit, mit der sie sich mir auch angenähert hatten.

Ich wurde dadurch aus meiner Geilheit herausgerissen und stieg vorsichtig von meinem Mann herunter. Ich rutschte vom Sofa und mit meinen Händen an seinem Körper entlang fühlend, suchte ich seine Beine, zwischen die ich mich kniete. Sofort drang mir mein eigener Geruch entgegen, den sein Penis angenommen und den typischen Geruch meines Mannes überdeckt hatte. Mir war es ein animalisches Bedürfnis, meinen Geruch von ihm abzuziehen und seinen typisch männlichen Geruch frei zu setzen. Also begann ich, seinen Schaft mit meiner Zunge zu reinigen, leckte mit Genuss über sein Glied, wobei ich seine Vorhaut weit hinunter zog und jeden Winkel mit meiner Zungenspitze sauber leckte, bis ich mich selbst nicht mehr an ihm riechen und schmecken konnte. Peter schien das mehr als geil zu finden. Ich spürte erste Glückstropfen auf seiner Penisspitze, die ich aufnahm und wie einen besonders guten Tropfen Sekt in meinem Mund schmeckte.

Mein Mann sog einen tiefen Atemzug ein. Ich hob meinen Kopf und versuchte in der Dunkelheit sein Gesicht richtig zu erkennen. Dabei bemerkte ich erst, dass er nicht mehr allein mit mir beschäftigt war. Obwohl es hier sehr dunkel war, konnte ich erkennen, dass sich eine Frau neben ihn gesetzt hatte und ihren Oberkörper über seinen gebeugt hielt. Ihre üppig ausladenden Rundungen durchdrangen selbst die Dunkelheit. Ich streichelte an seinem Körper aufwärts entlang, bis meine Finger auf die Hände der Frau stießen, die auf Peters Bauch lagen. Sie schien von meiner Berührung überhaupt nicht beeindruckt oder überrascht zu sein. Sie küsste Peter und legte gleichzeitig ihre Hand auf meine. Ich hielt ganz inne und wartete ab, was wohl als Weiteres passieren würde. Während sie meinen Mann wild und begehrlich küsste, streichelten ihre Hände weiter über meine Arme, wobei sie wie zufällig meine Brüste berührten. Ein leichter Schauder überfloss meine Haut wie ein warmer Frühlingsregen, dem ich meine nackte Haut auslieferte. Es erregte mich sehr, von dieser Frau berührt zu werden, die ich nicht einmal genau erkennen konnte. Heute bin ich selbst darüber überrascht, wie hemmungslos ich mich in diesem dunklen Raum gefühlt habe, in dem es nur Geräusche, Berührungen und Gerüche zu geben schien. Äußerlichkeiten waren kaum zu erkennen und Menschen nur in ihren Konturen. Diese Tatsache ließ alle meine Grenzen fallen, die mir das zu Tage treten von hemmungsloser Lust und sexueller Begierde sonst einschränken. Hier zählten nur Sexualität und das Bedürfnis, diese praktizieren zu können. Der ganze Raum war erfüllt von animalischer Triebhaftigkeit, die auch mich erfasst hatte. So ließ ich mich völlig gedankenlos von dieser Frau anfassen und wehrte mich auch nicht, als sie mich ganz sanft von Peter wegzog. Peter, der sicher etwas erstaunt war, als die Frau sich nun allein mir zuwendete, versuchte noch nach meiner Hand zu greifen, aber meine Hand erwiderte nicht seinem Griff und so glitten meine Finger durch seine Hand, die sich um meine schließen wollte. Die Unbekannte zog mich hinter sich her. Mein Mann folgte uns einige Schritte, tappte durch das Dunkle hinter uns her und zwängte sich durch andere Paare, die uns im Weg standen. Abrupt blieb meine Entführerin stehen und legte ihre Hand ausgestreckt auf Peters Brust, so dass er den Wink verstand, uns nicht weiter hinterher zu gehen. Peter akzeptierte diese Geste und ließ uns ziehen.

„Bringe sie mir zum Sofa zurück", rief er ihr zu und an mich gerichtet: „Ich werde auf dich warten!"

Ich machte mir überhaupt keine Gedanken darüber, was er wohl in diesem Augenblick empfand. Ich überlegte mir auch nicht, was er nun machen würde, wichtig war für mich nur in diesem Moment, dass er auf mich warten würde. Ich war sehr egoistisch in dieser Stunde und gebe das nicht ohne Hemmung zu. Blind folgte ich dieser Person, wie ein Kind seiner Mutter, vertrauend darauf, dass mir eine neue Welt eröffnet würde. Ich war völlig verblendet von der Anziehung, die sie auf mich ausübte. Es war so, als würde sie mich an die Quelle der sexuellen Entzückung führen, denn je weiter sie mich durch den Raum führte, desto stärker wurde mein körperliches Empfinden. Ich sah dann, dass sich vor uns ein Kreis von Menschen gebildet hatte, die dicht beieinander standen. Obwohl ich nur die Umrisse der Leute erkennen konnte, war doch genug deutlich sichtbar, dass sie sich gegenseitig berührten. Meine Führerin trat auf die Gruppe zu, die ihren Kreis sofort für uns öffnete. Ich wollte neben meiner Lustgespielin stehen bleiben, aber sie schob mich bestimmt in die Mitte der Gruppe. Sofort schloss sich wieder der Kreis und die Menschen drückten sich näher an mich heran. Ich kann nicht einmal sagen, wie viele es waren, denn ich schloss sofort meine Augen. Die Lage verwirrte mich, drohte mich zu verunsichern. Das Schließen meiner Augen trug dazu bei, dass ich mich erst einmal nur auf mich konzentrierte. Lange kann ich nicht so um Sicherheit ringend gestanden haben, denn ich spürte auf einmal, dass sich unzählige Hände auf mich legten. Überall wurde mein Körper berührt, gestreichelt und liebkost. Das war ein solch atemberaubendes Empfinden, das mir meine Befangenheit raubte und mir Geborgenheit schenkte. Obwohl ich natürlich nicht nur keusch angefasst wurde, hatte das mitten im Kreis stehen eine so beruhigende Wirkung auf mich, dass ich spürte, wie sich mein Herz beruhigte, das noch vor einigen Minuten aufgeregt in meiner Brust gehämmert hatte. Nur noch Hände zu fühlen, die meinen ganzen Körper zu bedeckten schienen, ließ mich dahin schmelzen. Der Hand, die mich zart über den Kopf streichelte, neigte ich mich entgegen. Der Hand, die zwischen meine Schenkel griff, spreizte ich mich auf. Der Hand, die meine Brüste knetete, beugte ich mich gierig entgegen. Ich taumelte von einer Liebkosung in die nächste, richtete mich den leichten Klatschern entgegen, die mir flache Hände gaben, drückte mich gegen Finger, damit sie heftiger über meine Haut kratzen konnten. Gleichzeitig spürte ich Münder und Zungen, die ebenfalls meinen gesamten Körper behutsam bedachten. Ich wurde befummelt, gestreichelt, geküsst und geleckt. Zudem spürte ich ab und zu leichte Schläge, die mich unsagbar erregten, die auf meinen Hintern niedergingen oder leicht gegen meine Vagina ausgeführt wurden. Manchmal fühlte ich, wie sich ein oder zwei Finger in mich schoben, wo sie mir eine Scheidenmassage gaben. Sie drangen spiralförmig tief in mich, um mir gleich danach unter die Nase gehalten zu werden, wo ich genussvoll meinen süßen Saft spürte, den ich anschließend von den Fingern leckte, die sich auf meine Lippen legten. Ein anderes Mal fühlte ich, wie ein Penis mich öffnete und ohne hektische Gier in mich drückte. Ich nahm nur noch auf und genoss. Die Stöße, die sich allmählich in der Intensität steigerten führten dazu, dass sich der hinter mir stehende Mann in meiner Scheide ergoss.

Nicht nur ich stöhnte, obwohl ich es war, der alles gegeben wurde. Der ganze geschlossene Kreis von Menschen um mich herum pulsierte vor Erregung. Jede Berührung regte mich an und meine körperliche Reaktion ging als Impuls an die Gebenden zurück. Wir pushten uns gegenseitig in den Rausch der körperlichen Liebe, taumelten meinem Orgasmus entgegen. Dieser kam heftig, feucht und laut. Mein ganzer Körper erzitterte unter der Explosion, die in meinem Unterleib ausgelöst wurde. Ich schien eine weibliche Ejakulation zu erleben, denn ich spürte, wie meine Schenkel richtig nass wurden und hatte das Gefühl, als würde warmes Wasser an meinen Beinen entlang hinunter auf den Boden laufen. Endlos lange wurde ich über den Orgasmus hinaus weiter berührt.

Langsam gingen die gierigen Berührungen über in zärtliche Gesten, mit denen man mich aus der Mitte des Kreises entließ. Leicht zitternd versuchte ich mich im Raum zu orientieren, setzte ganz bewusst einen Fuß vor den anderen. Erst jetzt kam mir wieder Peter in den Sinn, den ich völlig bei dem eben Erlebten gedanklich verdrängt hatte. Während mir die Frage durch den Kopf schoss, ob er wohl noch in dem Raum auf mich wartete, griff wieder eine Hand nach mir, die meinen Oberarm umgriff.

„Da bist du ja, meine Liebe...hast du eben so laut gestöhnt und geschrien?"

Ich war noch nicht ganz im damaligen Hier und Jetzt. Ich konnte nur mit dem Kopf nicken, denn meine Stimme versagte mir noch das Sprechen.

Peter schien sich mehr als ich an die Dunkelheit im Raum gewöhnt zu haben, denn er geleitete mich völlig sicher durch den Raum nach draußen auf den Flur. Erst hier war ich wieder in der Lage mich zu sammeln und meine Stimme zu beherrschen.

„Wie hast du mich denn gefunden?"

Peter tätschelte meinen Kopf und grinste mich verwegen an.

„Ich musste nur deinem Stöhnen folgen. Ich habe dich deutlich unter all den anderen Stimmen erkannt, habe schon eine Zeit lang hinter dir gestanden, aber du warst so entzückt von all den Händen, dass du das sicher nicht gespürt hast. Komm, meine Liebe, lass uns etwas in der Bar trinken gehen."

Ich war irritiert und auch leicht beschämt, dass ich Peter nicht in meiner Nähe bemerkt hatte. Dieses Gefühl versuchte ich zu überspielen.

„Puh, lass mich bitte erst einmal kurz unter die Dusche springen und etwas frisch machen."

„Ja, das solltest du. Du siehst noch ziemlich mitgenommen aus. Ich warte in der Bar auf dich. Lass dir nicht zu viel Zeit, denn gleich ist es schon zwölf Uhr. Wenn du dich beeilst, schaffen wir es noch rechtzeitig, unsere Paten zu treffen."

Selbst an die hatte ich nicht mehr gedacht. Erst einmal dringend eine Abkühlung brauchend, steuerte ich die Duschräume an. Ich fühlte mich müde, aber gleichzeitig entspannt. Mein Körper war erhitzt, aber total befriedigt. Überall klebte meine Haut, ohne mich jedoch beschmutzt zu fühlen. Ich hatte die Berührung ungezählter Hände gefühlt, war von Fingern und einem Penis penetriert worden, ohne mich allerdings benutzt gefühlt zu haben. Man hatte mich in die Mitte dieses Kreises gestellt, in dem ich jedoch freiwillig geblieben war und mich all den anderen ausgeliefert hatte, die mich äußerst liebevoll behandelt hatten.

In den letzten knapp zwei Stunden im „Darkroom" hatte ich mich nur von meiner Lust leiten lassen. Den Regeln der Moral war ich dort nicht gefolgt, dennoch fühlte ich mich nicht schlecht deswegen, denn mir war klar, dass hier andere Gesetze herrschten als in der Gesellschaft draußen vor der Tür, vor der ich für die paar Stunden geflohen und im Swinger hier untergetaucht war.

Hier stellte ich mir nicht die Fragen, die ich mir jenseits der Tür selbst gestellt hätte: Was habe ich da getan? Wie konnte ich das aushalten und noch genießen? Wer hat mich alles berührt?

In diesen Räumen wurde die Moral nicht vor Gericht gestellt, das Ausleben der Lust nicht als verwerfliche Schandtat betrachtet. Ich hatte mich den hier geltenden Regeln angepasst und stellte mein Tun nicht mehr in Frage. Einzig und allein zählte, dass Peter und ich uns hier einig waren. Dass er mir in diesem Raum heute alle Freiheiten gegeben hatte, erfüllte mich mit großer Demut vor seiner Liebe für mich.

Ich stellte mich unter den warmen Wasserstrahl der Dusche und fühlte all den Händen nach, die noch immer auf meinem Körper spürbar waren, so intensiv war das, was ich erlebt hatte. Erst Peters Stimme holte mich wieder zurück, mit der er mich rief. Als ich die Augen öffnete, stand er bereits mit einem ausgebreiteten Handtuch vor mir, das er mir um den Körper wickelte, nachdem ich ihm aus der Dusche entgegenging.

„Mache dir keine Gedanken, Susanne. Ich weiß, dass du heute sehr intensiv gelebt hast. Lass es bei dir und mach es nicht kaputt, indem du versuchst, es mir zu beschreiben. Komm, lass dich abtrocknen, unsere Paten warten sicher schon auf uns."

„Lass uns nicht mehr so lange bleiben, ich möchte

jetzt ganz schnell mit dir alleine sein", antwortete ich ihm dankbar für sein Einfühlungsvermögen.

Mir war es ein großes Bedürfnis, Peter noch nah zu sein. Am liebsten wäre ich direkt nach Hause gefahren, aber wenn Chris und Rainer extra auf uns warteten, wollte ich nicht unhöflich sein. Also folgte ich Peter noch in die Bar, in der nur noch wenige Gäste waren.

Suchend schauten wir uns in der mit Kerzenlicht ausgeleuchteten Bar um. Direkt am Tresen entdeckten wir die beiden. Rainer war in einem dicken flauschigen Bademantel eingefüllt. Chris trug nur einen knappen Slip aus Spitze und sie bemerkte sicher meinen bewundernden Blick, mit dem ich ihren Körper betrachtete.

Zur Begrüßung umarmten wir uns alle herzlich. Allerdings griff Chris neckisch tief mit ihrer Hand in den Ausschnitt meines Bademantels, den ich eng um mich geschlungen hatte und kniff mich in eine Brustwarze.

„Na, Süße, ich kann dir an der Spitze deiner Knospe anfühlen, dass du einen tollen Abend hattest."

Ihre hemmungslose Art verblüffte mich erneut, obwohl ich sie ja schon kannte. Abermals wurde ich vor ihr rot und amüsierte mich gleichzeitig darüber, dass sie es wieder einmal geschafft hatte, meine Verlegenheit zu enttarnen, die ich nicht ausgerechnet hier im Club zu Markte tragen wollte.

„Ist doch nichts Schlimmes", konterte sie meine Gesichtsröte.

„Ich würde mir Gedanken machen, wenn du hier keinen Spaß haben würdest. Außerdem siehst du süß aus, wenn du rot wirst.“ Sie umarmte mich und reichte mir ein Glas Sekt, das sie schon für mich bestellt hatte.

„In welchem Raum wart ihr heute?“, fragte uns Rainer.

„Susanne hat mich heute in den „Darkroom“ geführt. Und da konnte ich sie dann nur noch hören“, antwortete mein Mann grinsend.

„Oh, du brauchst mir nichts mehr zu erklären“, plapperte Chris fröhlich drauf los.

„Ich finde, die könnten dem Raum auch den Namen „Zimmer der tausend Hände“ geben, stimmt’s, Susanne?“

Ich nickte nur stumm vor mich hin, denn ich wollte nichts erzählen von der Berührung der tausend Hände, die ich heute erfahren hatte, die mir mehr das Gefühl gegeben hatten, dass mein Körper begehrenswert und schön ist, als es mir tausend Augen geben könnten, die mich ansehen.

Es entstand eine kleine Gesprächspause, die die beiden mir wohl geben wollten, um von meinen Erlebnissen zu berichten. Als sie jedoch merkten, dass dies mein Geheimnis bleiben würde, kamen sie zu dem Grund, weshalb sie uns hier treffen wollten.

„Nun, wenn ihr immer noch in das „Domina-Studio“ Einlass bekommen wollt, so könnten wir euch dazu den Schlüssel geben.“

„Wie das?“ wollte Peter wissen.

„Wir haben euch doch von Ulf und Karin erzählt, die erfahrene S/M Fetischisten sind. Wir haben den beiden von euch erzählt und gesagt, dass ihr interessiert seid, von ihnen eingeführt zu werden in die Kunst der Sexpraktiken von Dominanz und Unterwerfung. Leider wollten sie heute nicht mehr auf euch warten, da sie sich von ihrer Lust ausgebrannt fühlten, die sie besonders heftig erlebt haben. Sie sind schon gefahren, aber ich soll euch ausrichten, dass sie bereit sind, euch bei ihrem nächsten Besuch ins Studio mitzunehmen. Solltet ihr daran noch Lust haben, dann müsst ihr in zwei Wochen pünktlich um zwanzig Uhr vor der Tür des „Domina-Studios" stehen. Wenn ich pünktlich sage, dann meine ich auch pünktlich. Die beiden kennen da keinen Spaß und dulden keine Verspätung. Sie werden nicht auf euch warten. Ihr Wort ist an diesem Abend Gesetz. Wenn ihr nicht kommt, dann ist das eure Entscheidung, aber ein zweiter Termin wird euch nicht gewährt, falls ihr es euch zu einem späteren Zeitpunkt noch einmal anders überlegen solltet."

Peter und ich warfen uns einen Blick zu und mussten beide gleichzeitig lächeln. Diese rigorose Anweisung erschien uns an diesem Abend etwas amüsant, aber das Verlustieren sollte uns noch vergehen und die Ernsthaftigkeit beim nächsten Swingerbesuch wieder einholen.

Peter und ich blieben an diesem Abend nicht mehr lange im Club. Wir hatten beide das Bedürfnis, schnell nach Hause zu kommen und uns nahe zu sein. Ich fragte Peter nicht, was er in der „Dunkelkammer" erlebt hatte, denn ich wollte es diesmal nicht so genau wissen. Da alles im Dunklen dort stattgefunden hatte, sollte auch alles im Dunklen bleiben. Wie soll man auch erklären können, dass es einen besonderen Reiz hat, nichts Genaues erkennen zu können, weil die Dunkelheit den Augen den Blick verwehrt, während der Körper alles umso deutlicher wahrnimmt. Außerdem hatten Peter und ich dort ähnliches erlebt, dessen bin ich mir sicher.

Ich weiß noch genau, wie sehr ich es an diesem Abend genoss, allein in Peters Armen zu liegen. In der Geborgenheit seiner Umarmung schlief ich ein und erwachte am Morgen, ohne aus seiner Umarmung im Schlaf geflohen zu sein. Genussvoll räkelten wir uns beim Aufwachen aneinander und gaben uns der zärtlichen Liebe hin.

Kapitel 6
Alles kommt ans Licht

Nur langsam schälten wir uns aus den Decken, die sich um unsere Körper gewickelt hatten. An diesem Morgen fiel mir das Aufstehen besonders schwer, denn wir hatten die Nacht verliebt und konnten uns nur schwer voneinander lösen, selbst der Schlaf hatte unsere Körper nicht trennen können.

„Ich konnte nicht genau erkennen, was du gemacht hast oder wie dir geschah, aber ich habe deine Stimme unter all den anderen herausgehört." Peter lag nun auf dem Rücken neben mir, meine Hand haltend.

„Ich bin der Stimme gefolgt und habe dich deutlich stöhnen hören. Dein Entzücken war unverkennbar und ich war beseelt von dem heißen Wunsch, deiner Wollust weiter zu lauschen." Er blickte mich nun an, ließ mich im Unsicheren, ob hinter seiner Aussage eine Frage versteckt war.

„Sag mal, Peter, möchtest du doch wissen, was ich erlebt habe?"

Statt einer Antwort zog er die Decke über uns und ließ sich an meinem Körper hinab gleiten. Seine Hände drückten sich zwischen meine geschlossenen Schenkel und öffneten sie ganz leicht. Seine Zunge fuhr sanft über meine Schamlippen, sein Mund drückte sich zwischen meine gespreizten Beine und schmiegte sich küssend dazwischen. Ich genoss dieses Nachspiel unserer

Liebesaktion, die unsere vergangene Nacht bis zum Morgengrauen ausgefüllt hatte. Peter hielt jedoch inne, stieß sich mit den Füßen vom Fußende ab, so dass sein Kopf wieder neben meinem zu liegen kam.

„Susanne, wenn ich die Bettdecke über uns ziehe, kann ich auch nichts anderes als Konturen erkennen. Mir ist nicht wichtig alles genau sehen zu können, denn wenn ich mir den Blick nehme, werden andere Sinne aktiv. Ich erkunde deinen Körper nur noch mit den Händen, meine Fingerspitzen nehmen jede kleinste Hautpore wahr, meine Zunge und mein Mund schmecken dich, die Zungenspitze kann in jede deiner Körperöffnungen fahren, die ich so erkunde. Meine Nase riecht deine Wollust und meine Ohren lassen mich wissen, ob dir gefällt, was ich mit dir mache. So nehme ich alles wahr, was ich nicht sehen kann. Sollte mal etwas im Verborgenen bleiben, weil nicht alle meine Sinne meine Augen ersetzen können, bleibt mir noch die Fantasie. Um konkret auf deine Frage zu antworten: Nein, ich will nicht genau wissen, was in der „Dunkelkammer" passiert ist. Ich war dabei, meine Liebe, ganz in deiner Nähe."

Es musste dazu nichts mehr gesagt werden. Dass ich mir die Frage verkniff, was er an diesem gestrigen Abend im Swinger erlebt hat, ist wohl verständlich.

Wir hatten gerade das Frühstück hinter uns, als das Telefon klingelte.

„Susanne Gräf, mit wem spreche ich, bitte?", meldete ich mich.

„Hallo, Susanne, hier ist Beate...“

Ich hielt die Sprechmuschel des Telefonhörers zu und ließ Beate weitersprechen, während ich mich Peter zuwendete. „Beate ist dran, ich gehe mal ins Nebenzimmer, dann kannst du in Ruhe weiter die Zeitung lesen.“

Ich schloss die Türe hinter mir, setzte mich gemütlich in den Sessel und drückte mir wieder den Hörer ans Ohr. Beate schien aufgeregt zu sein, ich verstand nicht, wovon sie redete.

„Mal langsam, Beate, kannst du bitte noch einmal beginnen?“

„Oh, Gott! Hörst du mir eigentlich zu? Also, pass' auf. Stell dir vor, wo Klaus und ich gestern Abend waren. Das errätst du nie!“

Wie sollte ich das auch erraten. Klaus und Beate konnten überall und nirgendwo gewesen sein. Um ihr den Spaß nicht zu verderben, riet ich wahllos drauf los.

„Keine Ahnung! Kino? Tanzen? Konzert?....“ Sie beendete das Ratespiel.

„Klaus und ich waren im Swinger-Club!“ Es entstand eine kurze Pause.

„Swinger? Wann denn? In welchem?“

„Oh, du wirst langsam aufmerksam. Allein das Wort Swinger-Club scheint Medizin für deinen Kreislauf zu sein. Ich sagte doch gestern Abend. Hörst du mir immer noch nicht richtig zu? Wir waren in dem Club, von dem du mir die letzten Wochen immer erzählt hast.“

„Wann genau gestern Abend?“

„Sag mal, verhörst du mich gerade? Brauche ich für den gestrigen Abend ein Alibi?"

Ich schnalzte leicht mit der Zunge, um ihr hörbar zu machen, dass ich meine Fragen zurückzog und versuchte damit meine Aufgeregtheit flach zu halten.

„Nein, natürlich nicht. Erzähl einfach weiter. Ich war nur überrascht, weil du mir doch erzählt hast, dass Klaus zu eifersüchtig ist, um mit dir einen Club zu besuchen."

Beate kicherte in den Hörer.

„Ja, das dachte ich auch, bis gestern jedenfalls. Wir hatten uns auf einen ruhigen Abend vor dem Fernseher eingestellt, als er plötzlich noch einen Anruf von einem Arbeitskollegen bekam, mit dem er noch was Berufliches besprechen musste. Na, jedenfalls kam er nach dem Telefonat zurück ins Zimmer und forderte mich auf, mich verführerisch anzuziehen. Als ich ihn fragte, was er vorhabe, zog er mich zu sich heran und erklärte, dass wir in den Swinger-Club fahren würden, von dem ihr mir erzählt hattet."

„Und du hast dich dann einfach umgezogen und bist mitgefahren?" Ich musste erst einmal den Fortlauf der Geschichte hinauszögern, um mich innerlich zu fangen. Wären unsere Freunde an einem anderen Tag im Swinger gewesen, hätte ich wohl kein Problem damit gehabt ihren Ausführungen zu lauschen. Dass aber ausgerechnet der Zufall es wollte, dass sie am gleichen Abend im Swinger waren, gab mir eine gewisse Unruhe.

„Klaus kam ziemlich aufgekratzt vom Telefonat mit

seinem Kollegen zurück ins Zimmer und ab da war klar, dass er den Abend auf keinen Fall zu Hause vor dem Fernseher verbringen wollte. Mir blieb gar nichts anderes übrig, denn Klaus schob mich ins Schlafzimmer, forderte mich erneut auf, mich verführerisch anzuziehen und zog sich selbst um. Ich habe nicht mehr widersprochen, denn die Vorstellung, mal wieder zu Lustwandeln, reizte mich ungemein. Ich habe nichts mehr hinterfragt."

„Und, in welchem Raum wart ihr denn?"

Mein Herz schlug aufgeregt in meinem Körper und schien das Gebet zu hämmern: Lieber Gott, lass sie nicht in der „Dunkelkammer" gewesen sein!

„In dem „Darkroom". Meine Güte, Susanne, bist du schon mal in diesem Zimmer gewesen?"

Ich überhustete eine Antwort. Mein Gebet war unerhört verhallt, und mein Glauben sackte zusammen, wie ein Luftballon, aus dem man die Luft lässt. Jetzt blieb mir nur noch die Hoffnung, dass Beate und Klaus nicht zum gleichen Zeitpunkt im Zimmer waren wie Peter und ich. Ich weiß nicht, warum ich fast panisch auf Beates Ausführungen reagierte. Schließlich war ich es, die sich eine Liebesnacht mit Klaus und Beate vorgestellt hatte und jetzt verhielt ich mich dermaßen verklemmt.

„Ich sag' ja, direkt nach dem Telefonat mit seinem Arbeitskollegen. Es muss so gegen neun Uhr gewesen sein. Aber das ist doch jetzt egal..."

Mir dämmerte langsam etwas. War es Zufall, dass Klaus genau zu dieser Uhrzeit einen Kollegen noch schnell anrufen musste, als wir vor der Tür zum Club standen? Mein Herz, das eben noch wie wild vor Aufgeregtheit hämmerte, schlug nun in einem anderen Takt und trommelte mit leicht aufkeimendem Ärger. Ja, ich traute Peter und Klaus absolut zu, dass sie ein solches Spielchen mit uns machen könnten. Bei dem Gedanken überflutete mich eine Hitzewelle. Spielabend! Dass ich nicht lache!

„Klaus wollte unbedingt mit mir in das dunkle Zimmer. Er meinte noch, dass er sich dort am sichersten fühlen würde, da er ja zum ersten Mal in einen Swinger ginge. Da habe ich natürlich keine Einwände mehr gemacht. Mädchen! Ich war glücklich, dass Klaus endlich mal mit mir swingen wollte. Du weißt, dass ich früher mit meinem alten Freund gerne in einen Club gegangen bin."

„Ja, ich erinnere mich. Zumindest bis zu dem Zeitpunkt, als dir auffiel, dass sich dein alter Freund nur noch dann sexuell stimuliert fühlte, wenn viele Frauen um ihn herum waren oder er in möglichst vielen."

„Du kannst manchmal richtig geschmacklos sein. Ja, das war sein Problem. Bei Klaus ist das aber anders. Man kann die beiden nicht vergleichen. Klaus braucht keine Bestätigung von anderen Frauen, um sein Selbstwertgefühl aufzubauen. Mit Sicherheit wären wir dann auch nicht in die „Dunkelkammer" gegangen."

„Was hast du denn dort erlebt?"

„Ach, das war der reinste Wahnsinn! Warst du schon mal dort?"

„Ja!“, zischte ich durch die Zähne hindurch. Warum sollte ich ihr jetzt noch etwas vormachen?

„Na gut, dann muss ich dir ja nicht viel erklären. Als wir uns endlich an die Dunkelheit gewöhnt hatten, wurden wir von einer Gruppe Menschen aufgenommen, die uns in einen Kreis zogen. Wir hielten uns alle an den Händen und ließen diese auch über die Körper der neben uns stehenden gleiten. Du weißt schon, was ich meine. Nicht nur über unsere Körper... Ich habe überall Hände gespürt, in mir, auf mir...“

Ich stoppte ihren Redefluss.

„Ich kann es mir lebhaft vorstellen.“

„Und dann muss jemand eine Frau in den Kreis gezogen haben, denn plötzlich stand sie in unserer Mitte. Ich weiß nicht warum, aber das war unbeschreiblich geil. Alle rückten näher an sie heran, wobei wir Außenstehende uns immer noch unsittlich berührten...“ Beate lachte leise ins Telefon. Was sie unsittlich nannte, hatte sie sichtlich amüsiert.

„Ich wurde gegen den Körper der Frau gedrückt, berührte sie und konnte sie deutlich riechen. Ihre Lust floss aus ihr heraus. Susanne, ich habe an ihr geleckt und wurde gleichzeitig von Klaus penetriert.“

„Bist du sicher, dass es Klaus war?“ schob ich bissig in ihre Beschreibung hinein.

„Susanne! Absolut! Ich konnte es irgendwann nicht mehr aushalten. Meine Zunge schmeckte die Fremde und gleichzeitig spürte ich den harten Penis von Klaus, der in mir zu explodieren schien. Ich habe ihn abgewehrt und zu der Frau in die Mitte gedrückt..."

„Was hast du?", jetzt zitterten meine Hände. Ihre Beschreibung deckte sich mit meiner Erfahrung im „Darkroom". Ich war geleckt worden von einer Frau und wurde gleichzeitig von einem harten Glied penetriert. Ich versuchte mich zu beruhigen, denn das musste ja nicht bedeuten, dass... Beate unterbrach meinen Gedankengang.

„Sag mal, du bist echt nicht bei mir. Noch einmal zum Mitschreiben. Ich habe Klaus der Frau, die in der Mitte stand, zugeführt. Ich wollte, dass er bei seinem ersten Swingerbesuch auch mit einer anderen Frau schläft. Das war quasi mein Einstandsgeschenk an ihn. Es hat ihm sehr gut gefallen. Ich konnte spüren, wie er sich in ihr ergoss. Auch mir kam es dabei. Die Vorstellung, dass er nun dort ist, wo vorher meine Zunge war, brachte mich um den Verstand. Das war ein tolles Erlebnis für uns beide."

„Hast du nicht sehen können, wie die Frau aussah?" Ich wollte auf Nummer sicher gehen.

„Du weißt doch selbst, wie dunkel es dort ist. Da kann man nichts mehr erkennen! Wo wart ihr denn gestern Abend?"

„Sitzt du gut? Ebenso im Swinger. Und um es genau zu sagen, ebenso wie ihr im „Darkroom". Willst du noch die Uhrzeit wissen? Es muss kurz nach neun Uhr gewesen sein, als ich dort im Kreis der Blinden aufgenommen wurde."

Ich hörte ein Geräusch durch die Leitung knacken,

das von einem lauten Seufzer herrührte, den Beate ausstieß.

„Das ist ja ein Ding! Sage mir jetzt nicht, dass Peter vorher noch mit einem Arbeitskollegen telefoniert hat."

Sie hatte die gleiche Kombinationsgabe, wie ich.

„Doch, genau das hat er. Und wenn ich jetzt mal weiter kombiniere, dann haben unsere beiden Männer nicht über die Arbeit gesprochen, sondern über den Spielabend."

„Du meinst doch nicht, dass dies der Spielabend war, den sie mit uns machen wollten?"

„Beate, genau das meine ich. Weißt du noch, wie intensiv sich die beiden beim Spaziergang miteinander unterhalten haben? Immer wenn wir in ihre Nähe kamen, schienen sie abrupt das Thema zu ändern. Ich wette, Peter hat dabei Klaus mit seinen Erzählungen von den Swingerbesuchen heiß gemacht."

Beate war verstummt, was überhaupt nicht ihre Art war.

„Aber dann warst du ja vielleicht die Frau, die ich geleckt habe und mit der Klaus Sex hatte."

Ich weiß nicht, warum mir das auf einmal egal war, so dass ich nicht scharf darauf war, weitere Einzelheiten preiszugeben oder zu erfahren.

„Beate, wie sagst du immer? Schwestern teilen alles."

Beate brauchte etwas, um ihre Fassung wiederzufinden. Mit leiser Stimme fragte sie mich:

„Ist es dir egal, ob ich es war, die dich oral befriedigt

oder ob es Klaus war, der dich gestoßen hat?“

Mit dem letzten Wort gab sie mir ungefragt die Gewissheit, wer mich dort im „Dunkelzimmer“ am meisten beglückt hatte. Mitten im Kreis hatte mich eine Frau oral zum Orgasmus gebracht und gleich darauf war ich mit Härte von einem Mann genommen worden, wie schon lange nicht mehr. Man kann wirklich von Stößen reden, die ohne Zärtlichkeit ausgeführt worden waren. Genau die Bestimmtheit, mit der ich gerammt wurde, hatte mich wild und rollig gemacht.

„Ja, es ist mir egal. Vielleicht wart ihr das, wer weiß das schon“, hörte ich mich gegen mein eigenes Gefühl reden, denn ich war mir sicher, dass es unsere Freunde waren, die gestern Abend mit mir beschäftigt waren.

„Aber ich bin mir hundertprozentig sicher, dass unsere beiden Männer den gestrigen Abend geplant haben.“

„Sieht ganz so aus. Wirst du Klaus darauf ansprechen?“

„Nein, lassen wir ihnen doch das Gefühl, dass sie das Spiel gewonnen haben.“

Kapitel 7
„Domina-Studio“

„Bist du dir wirklich sicher, dass wir heute in den Swinger gehen sollten?“ Zum wiederholten Male stellte mir Peter diese Frage.

„Ja, meine Meinung dazu ist unverändert. Wenn du Zweifel haben solltest, dann sage es mir jetzt, denn gleich ist es zu spät, um Bedenken zu haben.“

Natürlich war ich innerlich nicht so locker, wie ich es vorgab zu sein. Im Gegenteil, meine Nervosität war an diesem Tag kaum zu überbieten. Immer wieder stellte ich mir die Frage, was uns wohl im „Domina-Studio“ erwarten würde, und meine Stimmung schwankte zwischen Neugierde und Fluchttendenz. Wie immer siegte mein Wissensdurst. Ich wollte erfahren, welche Spielarten im Sex nach welchen speziellen Regeln der Kunst ausgelebt werden konnten. Ich wusste, dass ich als Sexpartnerin einen dominanten Partner bevorzugte, was sicher auch im Umkehrschluss bedeutete, dass ich einen Hang hatte, meine devote Seite zu zeigen. Jetzt hatte ich die sicher einmalige Gelegenheit, hautnah als Zuschauerin einer solchen sexuellen Spielart beiwohnen zu können. Das wollte ich mir auf keinen Fall entgehen lassen.

„Dann lass uns fahren. Du kannst dich doch daran erinnern, was uns Chris zu Ulf und Karin erzählt, dass sie nämlich keine Verspätung dulden.“ Irgendwie hörte sich das nun, wie Peter es aussprach, sehr ironisch an.

„Nun, wer weiß, vielleicht bekommen wir dann ein paar Schläge mit dem Rohrstock auf den nackten Hintern."

„Ich glaube, dir fehlt die Ernsthaftigkeit. Wenn du das alles so amüsant findest, sollten wir vielleicht lieber doch nicht fahren." Ich blickte Peter ernst an, damit er endlich mit der Albernheit aufhörte. Für mich war der bevorstehende Besuch im „Domina-Studio" alles andere als lustig.

„Mein Gott, seit wann verstehst du denn keinen Spaß mehr? Komm, lass uns gehen, der Abend soll ja schließlich keinen Spaß machen!" Grinsend zog er mich an sich.

Ich schüttelte den Kopf. Schweigend fuhren wir und gingen ebenso schweigend in den Club. Die Stimmung zwischen Peter und mir war angespannt, jeder schien seinen eigenen Gedanken zu folgen, vielleicht auch seinen ureigenen Befürchtungen in der Vorbereitung auf diesen Abend begegnet zu sein. Keiner von uns wusste, ob uns das, was wir nun erleben würden, gefallen oder eher abschrecken würde.

Erst als wir auf dem Flur dem Zimmer entgegengingen, hielt mich Peter an der Schulter mit festem Griff fest.

„Susanne, wir halten uns gleich zurück, so war es ja wohl auch vorgesehen. Sollte uns beiden etwas zu weit gehen, lassen wir es uns wissen und verlassen dann den Raum. Abgemacht?" Jetzt war Peter ganz ernst geworden. Sein Blick sah mich durchdringend an.

„Ja, Peter, so sehe ich das auch. Komm, halte mich fest."

Wir gingen mit ineinander verknoteten Händen weiter den Flur entlang und blieben vor dem „Domina-Studio" stehen. Beim Warten auf Ulf und Karin fühlte ich mich fast wie ein kleines Schulkind. Erwartungsvoll über den Flur blickend, wann mein Lehrer kommen würde und etwas aufgeregt, weil ich Sorge hatte, dass ich gleich vor die Klasse treten und ein Gedicht vortragen müsste.

Diesen Gefühlen wurde ich nicht lange ausgesetzt, denn mit festen Schritten näherte sich uns ein Paar. Er war groß, muskulös gebaut und steuerte mit großen Schritten auf uns zu. Hinter ihm her trippelte eine kleine, zierliche Frau mit dunklen langen Haaren. Spontan musste ich an ein Hündchen denken, das von seinem Halter ausgeführt wurde. Dass ich nicht ganz unrecht mit dieser Assoziation hatte, bemerkte ich erst, als die beiden vor uns standen. Bei der Frau, die immer noch im Hintergrund bleibend und nun hinter dem Mann fast versteckt stand, entdeckte ich an ihren Handgelenken Handschellen, an denen eine Kette befestigt war, deren Enden in den großen Pranken des Mannes lagen. Ja, er hatte riesige Hände, von denen er uns eine zur Begrüßung entgegen streckte.

„Ihr müsst Susanne und Peter sein. Freut mich, dass ihr so pünktlich seid, denn ich dulde keine Verspätungen oder Zuwiderhandlungen meiner Regeln."

Sein Handgriff, mit dem er zunächst Peter bedacht

hatte und dann mich, verursachte mir einen Schmerz, denn er quetschte fest meine Finger zusammen. Dabei traf mich sein Blick eiskalt. Seine Augen hatten einen durchdringenden Blick, seine Iris eiskalt und blau. Ich weiß, das hört sich jetzt sehr klischeehaft an, aber genau so ist die passende Beschreibung seines Aussehens, was mein erster Eindruck von ihm war.

Ich blickte hilfesuchend zu Peter und wenn ich seinen Blick hätte synchronisieren müssen, hätte er mir in diesem Moment wortlos gesagt:

„Das fängt ja gut an."

Ulf rüttelte, nachdem er uns begrüßt hatte, kurz an der Kette, die ihn mit der Frau verband. Sofort trat sie auf Peter zu, senkte in devoter Haltung den Kopf, worauf sie einen Knicks andeutete.

„Das ist meine Sklavin, Karin."

Karin trat nun auf mich zu und umarmte mich zurückhaltend. Der ganzen Situation haftete etwas Bizarres an. Mir kam es vor, als sei ich in einem falschen Film, denn hier schien nichts mehr meiner Realität entsprungen zu sein. Für ein Spiel war die Situation aber zu ernst.

Ulf schloss die Tür zum „Domina-Studio" auf und hieß uns mit einer ausladenden Handbewegung einzutreten.

Hinter uns ließ er die Tür mit lautem Schwung ins Schloss einrasten und schloss ab.

„Nehmt erst mal hier Platz. Von hier aus könnt ihr zusehen, wie mir meine Sklavin dient. Ich nehme an, dass euch Rainer und Chris erzählt haben, wie die Regeln hier sind. Ihr könnt dieser Session beiwohnen, aber nur passiv. Haltet euch mit Bemerkungen und Aktionen zurück. Erlaubt ist nur das Zusehen, mehr nicht. Wenn ihr euch daran haltet, dann erlaube ich eure Anwesenheit in dem Raum."

Ich weiß nicht einmal, ob ich seine Art zu reden einfach nur arrogant oder als Ausdruck seiner scheinbar angeborenen Selbstsicherheit sah. Jedenfalls gehorchten wir ihm und setzten uns kommentarlos in die Sessel. Vor uns war eine kuriose Kulisse aufgebaut, in deren Mitte ein riesiges Andreaskreuz prangte, an dessen vier Balkenenden Hand- und Fußschellen angebracht waren.

Links davon war eine Art Liege aufgebaut, die mich an eine Massageliege erinnerte. Etwas abseits davon stand ein Bock, wie man ihn aus dem Sportunterricht kennt. Rechts vom Andreaskreuz war ein riesiger Tisch aufgebaut, der mit vielen verschiedenen Gegenständen bestückt war, die ich aus meinem Blickwinkel heraus nicht genau erkennen konnte. Nur ein Gegenstand war deutlich zu identifizieren: Eine Peitsche, deren lange Lederriemen über der Kante des Tisches hingen.

Ulf zog die zierliche Frau hinter sich durch den Raum und drückte sie dann mit einem Stoß gegen ihre Schulter gegen das Andreaskreuz.

„Stell dich auf und spreize die Beine, damit ich dich festbinden kann. Gehorche, denn du weißt, dass dein Herr keine Widerworte mag! Sei gefügig und schicke dich!"

Die Frau trat aus dem Schatten des Mannes und stellte sich mit dem Rücken gegen das Kreuz. Dabei brachte sie sich so in Position, dass ihre Arme seitlich nach oben ausgestreckt waren, ihre Beine gespreizt gegen das dunkelrot lackierte Holzbrett des Kreuzes.

Schnell hatte Ulf ihre Handgelenke und Fußknöchel in die dafür vorgesehenen Knebel gedrückt. Seine Frau war ihm nun unweigerlich ausgeliefert.

Ulf griff nach einem Gegenstand, der auf dem Tisch lag. Jetzt sah ich, dass es eine breite Lederklatsche war, die er leicht gegen die Innenfläche seiner linken Hand schlug. In dieser Haltung ging er vor seiner gefesselten Frau auf und ab. Immer wieder klatschte der Lederriemen gegen seine eigene Hand, sein Mund verzog sich zu einem Grinsen. Plötzlich schlug er ihn gegen den linken Oberschenkel der Gefesselten.

Ich erschrak von diesem Geräusch, dass das Leder auf dem Oberschenkel der Frau erzeugte. Unwillkürlich drückte ich fest Peters Hand.

„Oh, mein Herr. Wie ich das liebe. Bitte belohne mich für meine Unterwürfigkeit. Gib mir ein Geschenk als Belohnung für meine Treue."

Abermals zuckte ich zusammen. Die Stimme der Frau war hell und leise, ihre Worte lösten eine Kaskade von kleinen Zuckungen aus, die ich in meinem Schoß spürte. Ihre Devotheit packte mich faszinierend.

Jetzt klatschte der Ledergurt fest und immer wieder auf die Schenkel der Frau nieder und regte die Durchblutung an.

„Was fällt dir ein, mich herauszufordern. Du hast kein Recht, von mir ein Geschenk zu verlangen. Alles, was du eben gesagt hast, verdient Strafe! Eine Sub hat nicht zu fordern!“

Mit diesen Worten prasselte das Leder ungebremst auf Schenkel, Waden und sogar Füße der Ausgelieferten nieder. Sie quittierte das mit lautem Stöhnen, das irgendwo zwischen Lustgewinn und Schmerz zu liegen schien.

„Verzeihen Sie mir, mein gnädiger Herr. Verzeihen Sie mir meinen Ungehorsam. Ja, ich verdiene Strafe! Bitte geben Sie mir eine Absolution.“

Unruhig legte ich eine Hand zwischen meine fest zusammen gepressten Schenkel, mit der anderen hielt ich mich immer noch an Peter fest, der ebenso gebannt von dieser Szene war wie ich.

„So ist es brav. Jetzt bekommst du, was du verdienst.“

Ulf ließ nun die Klatsche auf den Boden fallen und gab den Blick auf seine Frau frei. Erst jetzt zeigte sich das Ausmaß seiner Behandlung. Vor allem die Schenkel der Frau waren rot verfärbt. Die breite Klatsche hatte dafür gesorgt, dass ihre Schenkel gut durchblutet waren und sich deutlich von ihrer übrigen blassen Haut absetzten.

Seitlich neben ihr stehend, griff Ulf zwischen die gespreizten Beine. Seine Hand blieb ruhig auf dem rasierten Venushügel seiner Dienerin liegen, seine Finger spielten in ihrer Spalte.

„Wie ich sehe, gefällt meiner Sklavin die Behandlung."

Es schien, dass sie ihm darauf etwas erwidern wollte, aber das gedachte Wort kam nicht mehr gesprochen über ihre Lippen, sondern äußerte sich in einem lauten Wehklagen. Ich konnte nicht genau sehen, was diesen Schmerz ausgelöst hatte, kann nur vermuten, dass er heftig in die Schamlippen gekniffen haben musste. Dies abermals wiederholend, entlockte einen weiteren Schrei seiner Sklavin. Erst als ich sah, dass sich in ihr vor Schmerzen verzerrtes Gesicht eine Spur von Lust mischte, konnte ich etwas entspannen. Ich musste mir immer wieder klar machen, dass diese Frau sich nicht gequält fühlte, sondern in ihrer Lust bestätigt. Sie genoss diesen sexuellen Trieb, der das Verlangen ihres Partners ergänzte.

Ulf zog die Hand zurück und hielt sie ihr vor das Gesicht. Sofort versuchte Karin seine Finger abzulecken, streckte dazu ihren Kopf nach vorne und die Zunge weit aus dem Mund heraus. Anstatt es ihr zu gewähren, drückte Ulf ihren Kopf zurück gegen das Andreaskreuz.

„Du bist ein gieriges Luder. Reichen darfst du, sonst nicht. Sei dankbar, wenn ich dir das gewähre."

Sie stöhnte vor sich hin, hielt jedoch ihren Kopf nun still und sog gierig den Duft seiner Finger ein.

Peter blickte mich von der Seite an, denn genau das lieben wir beide auch. Immer, wenn Peter mit mir geschlafen hat, muss er mir seine Finger noch einmal in die Scheide stecken, damit ich anschließend meine Lust von ihnen kosten kann. Das ist schon ein regelrechtes Ritual von uns, ohne dass ich meine Lust nicht voll zu Ende genießen kann.

Ulf griff neben sich auf den Tisch und hob etwas auf, das wir aus der Entfernung nicht erkennen konnten. Er stellte sich vor Karin, so dass wir auch nicht sehen konnten, was er mit ihr machte. Was es auch war, es erzeugte ein erneutes leises Schreien, diesmal jedoch inbrünstiger als die vorherigen Schreie.

Wieder schritt er zur Seite und gab die Sicht auf die Frau frei. Sie biss sich auf die Lippen, um sich weitere Äußerungen selbst zu verbieten. Ich sah, dass ihre aufgerichteten und auffällig großen Brustwarzen in kleinen Zangen eingeklemmt waren. Ich hatte solche Dinger schon einmal in einem Sexshop gesehen, wo sie als Nippelkneifer angeboten wurden. Die Frau konnte nicht ganz ihren Lustschmerz unterbinden und ein leises Stöhnen befreite sie von einem Schmerzgefühl.

„Oh, mein Herr! Sie wissen genau, was ich brauche", hauchte sie ihm entgegen.

Ulf drehte sich jedoch von ihr ab und ging auf Peter zu. Sein Mund vollzog sich zu einem Lächeln, als er zu ihm sagte:

„Mache ihn ihr wieder dran. Meine Stute ist eingeritten, übe an ihr, bevor du deine zum Gehorsam erziehst."

Ich staunte nicht schlecht, als Peter ohne Zögern den Ring entgegennahm. Ihn zwischen seinen Händen betrachtend, zeigte er ihn mir. Ich konnte jetzt erkennen, dass die Enden des Rings breiter wurden und kleine Zacken aufwiesen. In diesem Moment spürte ich stellvertretend für die Frau am Kreuz die Pein, die sie auszuhalten bereit war und das innerliche Bedürfnis, dies ebenfalls am eigenen Leib selbst durch Peters Hand zu erfahren.

Peter stand auf und trat auf die Frau zu, die ihn erwartungsvoll ansah. Ulf stellte sich hinter mich und drückte seine Hände fest auf meine Schultern.

„Sie hin, was er macht. Das ist dein zukünftiger Herr, dem du zu dienen hast!"

Ich spürte, wie eine warme Welle der Geilheit mich überströmte und blickte gebannt auf Peter.

Dieser ging langsam auf die Frau zu, stellte sich vor sie hin und klemmte ohne Zögern ihre Brustwarze in die Nippelklemme.

Gebannt sah ich, wie die Dienerin die Augen verdrehte und war neidisch, dass sie nun behandelt wurde.

Peter streichelte der Frau fast liebevoll über den Kopf und kam zurück auf seinen Platz.

„Du bist ein guter Schüler. Mal sehen, ob deine Partnerin auch so schnell lernt und sich zur Sklavin eignet."

Kaum gesagt, schubste mich Ulf vom Stuhl, so dass ich auf die Knie fiel. Sofort stellte er sich vor mich und drückte meinen Kopf, den ich hochheben wollte, wieder mit den Worten herunter:

„Du hast einen Herrn erst anzusehen, wenn er es dir ausdrücklich erlaubt. Hast du verstanden?"

Ich hörte mir selbst zu, als ich meine Stimme erhob: „Ja, Herr, ich habe verstanden."

Ulf reichte mir seine Hand, half mir beim Aufstehen und gebot mir, mich wieder neben Peter hinzusetzen. Ich spürte gar nicht, wie leicht mir das Wort „Herr" über die Lippen gegangen war.

Dann wendete er sich wieder seiner Sklavin zu. Leicht verschämt hielt ich noch immer meinen Kopf gebeugt. Ich war erstaunt, dass ich so schnell in die Rolle der auszubildenden Sklavin geschlüpft war. Andererseits bescherte mir dies eine ungeheure Luststeigerung. Ein bisschen war ich enttäuscht, dass Ulf seine Aufmerksamkeit wieder von mir abzog.

Ulf begann nun die Fesseln seiner Dienerin zu lösen. Karin kannte wohl auch den weiteren Ablauf, denn sofort fiel sie vor ihm auf die Knie. Auch diesmal drückte sie ihren Kopf wieder nach vorne, um ihren Mund gegen den Schoß ihres Herrn drücken zu können. Ulf vermied diese Bemühungen geschickt, indem er sie zunächst ganz nah an sich heran ließ, dann aber mit einem kleinen Schritt zur Seite verhinderte, dass sie ihr Vorhaben vollenden konnte.

„Du läufige Hündin", beschimpfte er sie.

Auf den Knien kroch sie immer wieder in seine Richtung, wobei sie den Kopf nun nach unten gerichtet hielt.

Abermals griff Ulf auf ein Utensil, das auf dem Tisch lag. Diesmal handelte es sich um die Peitsche, deren lange Lederriemen er durch seine Hand zog, um sie gleich danach auf die bereits geröteten Oberschenkel seiner Lustsklavin deutliche Striemen zeichnen zu lassen. Jeder einzelne Riemen hinterließ feine Linien auf der Haut der Knienden. Als er die Schenkel genügend behandelt hatte, wendete er sich ihrem Hintern zu, den sie ihm ausgestreckt entgegen hielt. Auch er zeigte nach kurzer Zeit viele feine Linien, bei deren Entstehung Karin zunächst aufschrie und stöhnte. Es war unverkennbar, dass sie nicht nur Schmerzen auslösten, sondern ihre Geilheit steigerten.

Sie kniete nun mit dem Gesicht zu uns, ihre Brustwarzen waren immer noch eingeklemmt und die Ringe baumelten bei jedem Peitschenhieb an ihren herabhängenden Brüsten.

„Lass dich erleichtern“, forderte Ulf sie auf.

Kriechend kam sie auf mich zu und richtete sich vor mir auf. Sie streckte mir ihre Brüste entgegen. Ohne zu zaudern griff ich nach den Klemmen und zog sie vorsichtig von ihren Brustwarzen. Die feinen Zacken der Klemmen hatten ihre Spuren im dunklen Fleisch ihrer Brustwarzen hinterlassen. Ich konnte nicht anders, ich musste sie mit meinem Mund einsaugen und sie mit der Zunge liebkosen.

Sofort war Ulf zur Stelle und drückte mich weg.

„Wer hat dir erlaubt, dich an meiner Sklavin zu belustigen? Wage das nicht noch einmal, sonst kannst du gleich den Raum verlassen.“

Ich zuckte zusammen, fast überkam mich ein Anflug von Angst. Da war es wieder. Das kleine Mädchen in mir von vorhin auf dem Flur. Verschüchtert setzte ich mich zurück in den Sessel und wagte nicht, meinen Lehrer anzusehen. In mir wuchs ein Unbehagen darüber, dass mich die Situation zu überfordern schien. Ich spürte gleichzeitig den Fluchtgedanken und das Verlangen mich hier in diesem Zimmer diesen Männern zu unterwerfen. Die Vorstellung, dass ich Schulter an Schulter mit Karin auf dem Boden kriechen würde, während unsere Herren uns dafür mit Striemen belohnen würden, machte mich schier wahnsinnig.

Ulf zog an den langen Haaren der jungen Frau, die immer noch auf den Knien rutschte.

„Du bist ein böses Mädchen. Habe ich dir etwa erlaubt, dass du dich einer anderen Frau anbieten darfst? Handelt so eine gute Sklavin? Die Lust ist mein und du darfst sie mir höchstens verschaffen! Diene mir!"

Sofort sackte Karin vor ihrem Herrn zusammen. Wie ein zusammengekauertes Kätzchen hockte sie vor ihm. Ihre Hände umschlangen seine Fußfesseln, ihr Kopf neigte sich über seine Füße. Ich sah wohl nicht richtig! Doch, ich sah genau, was sie nun veranstaltete. In dieser Demutshaltung, aber mit scheinbar viel Genuss, leckte sie ihrem Gebieter über die Füße. Dieser hob ab und zu einen Fuß an, streckte ihn ihr entgegen, so dass sie auch über die Fußsohlen mit der Zunge lecken konnte. Gierig saugte sie die einzelnen Zehen der ihr vorgestreckten Füße ein, verdrehte dabei ekstatisch die Augen und setzte damit ein Zeichen.

Ich sah verstohlen zu Peter hinüber, dessen Blick wie

hypnotisiert auf die beiden Protagonisten gerichtet war. Was ich von der Mimik seines Profils erhaschen konnte, reichte aus, um mir zu zeigen, dass er sexuell von all dem hier fasziniert war. Darüber entspannte ich, denn mir ging es nicht anders. Froh darüber, dass auch er von diesen Spielen hier erregt wurde, nahm mir die Hemmung, meine Lust offen zu zeigen. Eine Hand legte ich auf seinen Oberschenkel und begann ihn zärtlich zu streicheln. Ulf schien nichts zu entgehen. Wieder stand er neben mir, legte mir seine riesigen Pranken erneut auf die Schulter und erwiderte hart meinen aufrichtigen Blick.

„Schülerin, du sollst dich an die Regeln hier halten. Sehe zu und lass deine Spielchen hier. Deine Zeit wird noch kommen. Lege erst einmal deine Prüfung ab, damit du dich als gute Sub bezeichnen kannst."

Ich fand, dass er ein bisschen zu weit ging. Was fiel ihm ein, dass er mir hier diesen Einhalt geben wollte, mich Peter anzunähern. Was bildete sich dieser Kerl ein, dass er mich als Sub bezeichnete und von Prüfung sprach, die ich abzulegen hätte. Obwohl mir diese Gedanken kamen, widersprach meine Erregung meiner aufkeimenden Empörung. Meine Begierde nach dieser Art von Lust war unverkennbar. Ich verlangte danach, die Rolle der devoten Sklavin ausführen zu dürfen. Ich gebe zu, ich hätte liebend gerne die Füße von Peter geküsst, damit er mich niederdrückt, mir die Erfahrung des Lustschmerzes gibt, der sich vom Setzen des Reizes in Wohlgefallen auflöst. Ulf hatte dies zu diesem Zeitpunkt längst erkannt, drückte nur plakativ aus, was ich noch nicht so richtig zu denken wagte.

Ulf ging wieder mit langsamen Schritten auf seine Frau zu, die zusammengerollt auf dem Boden kniete, die Stirn auf den Fußboden gelegt. Kaum stand Ulf vor ihr, griff sie wieder nach seinen Füßen und begann erneut darüber zu lecken. Ihr Herr pfiff leise durch die Zähne, grummelte einige Wohllaute vor sich hin und streichelte ihr nun liebevoll über den Kopf. Dabei ließ er ihre langen Haare durch seine leicht geschlossene Hand gleiten wie zuvor die Peitsche. Ein Schauder legte sich auf meine fast nackte Haut. Heute trug ich wieder meine schwarze Korsage, in der mich nun fröstelte. Mein Verlangen ließ mir das Blut in den Adern gefrieren.

„Riech' deinen Herrn, Sub."

Wie eine Hündin schnüffelte Karin zunächst an den Füßen ihres Herrn. Langsam glitt sie an seinen Beinen hoch, ohne ihre Nasenspitze von seiner Haut abzuheben. Wie ein Staubsauger fuhr sie über seine Beine entlang und verharrte dann in seiner Schamgegend. Ulf war, im Gegensatz zu seiner Liebesdienerin, nicht nackt. Er trug einen engen, glänzenden Slip, der seine Genitalien nicht nur andeutungsweise erkennen ließ. Ulf war nun sichtbar selbst erregt. Sein Glied zeichnete sich gut erkennbar unter seinem Slip ab. Als er kurz vor mir gestanden hatte, sah ich, wie es sich in seiner Hose regte. Es war allein schon wegen seiner Größe nicht übersehbar, passend zu seinen riesigen Händen. Ich hätte was dafür gegeben, als er vor mir stand, dass er es mir hinhalten würde. Ich wollte auch riechen und es wagen, meine Zunge über seine Eichel lecken zu lassen. Vielleicht hätte mich das einige Striemen gekostet, aber nichts ist umsonst. Meine Lust dominierte die Angst vor Schmerzen. Ich weiß, wovon ich rede, wenn ich ihnen sage, dass diese Art von Schmerzen Lust bereiten können.

Karin schnupperte an seinem Penis. Ihre Nüstern bebten, ihre Zunge leckte über ihre Lippen, die sie nur schwerlich unter Kontrolle halten konnte, denn mir war klar, dass sie über ihre eigenen Lippen hinaus lecken wollte. Wäre ich an ihrer Stelle gewesen, hätte ich seinen Slip herunter gerissen und mir das große Ding in den Mund gesaugt. Ich bin mir nicht sicher, ob ich das als Provokation gemacht hätte, um meinen Lehrer zu reizen oder ob ich noch nicht so weit war, meine Demut gänzlich zu leben. Vielleicht von beidem etwas. Zumindest weiß ich, dass es mir ungeheuer schwer fiel, mich im Hintergrund zu halten. Peter ging es nicht anders, wie er mir hinterher bestätigte.

Ulf zog den Kopf seiner Dienerin an den Haaren zurück in den Nacken und hielt sie so in Schach. Mit der anderen Hand zog er seinen Slip über die Spitze seines Penisses hinunter, bis der Gummizug unter seinen Hoden zu liegen kam und diese so in Position rückte. Fasziniert starrte ich auf dieses Paket, das ich gerne zusammen mit Karin geöffnet hätte.

„Na, gefällt meiner Sub das?“, fragte Ulf seine Unterwürfige. Seine Stimme hatte nun einen raueren Tonfall angenommen. Seine sexuelle Erregung zeigte sich nicht nur durch seinen harten Penis.

„Oh, mein Gebieter. Sie wissen, wie sehr ich diese Liebesrute brauche."

„Willst du sie spüren, Sub?"

„Bitte, ich möchte sie in mir spüren. Bitte mein Herr, bitte spalten sie mich."

Ulf zog plötzlich wieder den Slip zurück, trat einen Schritt zur Seite und lachte hämisch.

„Sieh zu, was ich jetzt mache, Sub. Ich glaube nicht, dass ich dir heute die Erlösung gebe."

Damit trat er auf mich zu und drückte ohne Worte meinen Kopf gegen sein Glied. Seine Hand stieß mich fest gegen seinen Körper. Er selbst stemmte sich gegen mich und drehte sich fast in mein Gesicht hinein, so dass sein Penis über mein Gesicht rubbelte.

Karin kroch hinzu, wollte damit ihre begehrliche Lust ausdrücken. Ulf, sich kommentarlos umwendend, gab ihr einen leichten Tritt gegen die Schulter, der jedoch dazu ausreichte, sie zum weg kriechen zu bewegen. Von mir ließ er ab, schritt gemächlich hinter Karin her.

„Du warst wieder ungehorsam. Lege dich sofort über den Sündenbock und erdulde deine Strafe!"

Mir war überhaupt nicht klar, was er damit meinte. Karin wusste es schon, sie war in ihrer Ausbildung viel weiter als ich.

Sie ging auf das Gestell zu, das ich aus dem Turnunterricht kannte und das wir Bock nannten. Es war nichts anderes, ich hatte dieses Gerät immer gehasst, aber hier kam es perfekt zum Einsatz.

Karin schmiss sich bäuchlings über den Lederrücken des Bocks und hielt einfach nur ihr Hinterteil hin. Ich dachte, dass Ulf sie nun wieder mit der Rute oder der Klatsche bestrafen würde, aber es kam anders. Mit weit ausholenden Armen, schlug er seine Sub fest mit den Handflächen auf die nackten Hinterbacken. Genussvoll konterte sie mit lautem Stöhnen. Leicht vorbeugend drückte er die Fingerspitzen in ihre Pospalte, öffnete sie leicht und spuckte hinein. Sofort griff sie nach hinten und verrieb selbst den Speichel über ihren Hintern und tiefer in die Spalte hinein. Als es nichts mehr zu verteilen gab, setzte Ulf seinen Penis an. Es folgte eine Szene, in der er sie hart penetrierte, wobei seine Hände immer wieder zu den Stößen auf ihren Po schlugen. Immer heftiger und schneller stieß und schlug er sie. Karin wand sich vor Lust auf dem Bock und stieß sich ihm ebenfalls entgegen. Man konnte deutlich erkennen, wie seine Flanken sich anspannten, wie sich die Muskeln in seinen Oberschenkeln verhärteten. Ich dachte, nun ist es soweit.

Dennoch, genau in diesem Moment zog er sich aus ihr heraus. Laut jammerte sie, erbettelte mehr Zuwendung.

„Bitte, mein Herr. Oh, bitte, bitte... nicht aufhören. Ich war doch so kurz davor.“ Um zu zeigen, wie kurz davor sie war, hielt sie Zeigefinger und Daumen fast aneinander.

„Glaubst du, dass mich das interessiert?“ Ulf trat einen Schritt zur Seite, so dass er nun neben ihr stand. Sein Penis glänzte und schien auf den Boden zu tropfen. Ich weiß nicht, ob ich das wirklich gesehen habe oder ob das nur meiner Fantasie entspringt. Es ist letztendlich egal, zeugt nur von der Geilheit, die ich damals empfand, die mich blind für alles andere machte.

„Hast du immer noch nicht verstanden, wozu du da bist?“

„Doch, mein Herr, ich weiß, wozu ich da bin!“

„Dann sage es mir, Sub!“

„Ich bin ihre Dienerin.“ Ulf lachte laut.

„Das reicht nicht ...ich bringe jede dazu, zu dienen.“

„Aber Herr, ich bin nicht nur ihre Dienerin. Sie haben mich mit ihrer Führung abhängig gemacht. Ich bin abhängig von ihrer Lust, von ihrer Dominanz. Sie halten mich als Sklavin, und ich gehe in diesem Leben auf. Ich brauche meinen Herr und Gebieter, der mir seine Lust schenkt. Nur dafür bin ich da.“

Ulf schien befriedigt zu sein, jedenfalls von ihrer Antwort, die sie wie ein Gebet herunter gesprochen hatte.

„Knie dich hin, Sub. Ich erlaube dir, mir zuzusehen. Du hast keine Absolution heute verdient. Schau zu, was ich mache und traue dich nicht näher zu mir heran.“

Mit diesen Worten stellte er sich knapp zwei Meter vor ihr in Position. Mit der rechten Hand nahm er seinen Penis in die Hand und begann nun, sich selbst zu befriedigen. Er masturbierte vor uns, zog dabei genussvoll die Vorhaut über seine glänzende Eichel und legte sie frei. Seine Handbewegungen wurden schneller, er ließ ein Stöhnen hören, das mich ansteckte. Ebenfalls stöhnend drückte ich mich gegen die Lehne meines Sessels. Leicht öffnete ich meine Schenkel, denn zu gerne hätte ich mich nun auch selbst befriedigt oder angeboten. Aber das wagte ich nicht. Über das Stadium der völligen Anfängerin war ich hinaus. Ich wusste bereits, was einer devoten Dienerin erlaubt und was ihr nicht erlaubt war. Peter war ebenfalls hochgradig angespannt. Auch seine Schenkel waren geöffnet, man hätte gut zwischen ihnen knien und seine Lust aus ihm heraussaugen können. Ich konnte mich kaum gegen diese Fantasie wehren.

Ulf bearbeitete seinen Penis unaufhörlich, sein Stöhnen dröhnte durch das Zimmer, seine Stimme war kaum in der Lage flüssig zu reden, als er die Worte wieder an Karin richtete:

„Sie hin, ich werde mich über den Boden ergießen."

Kaum hatte er das ausgesprochen, ejakulierte er in weiten Schüben über den Fußboden. Tropfend, seinen Penis noch in der Hand haltend, stand er ruhig da und sah zu, wie Karin ihre Zunge in die weiße Flüssigkeit tunkte.

„Ja, so ist sie brav. Lecke alles auf und mach` den Boden sauber. Danach darfst du zu mir kommen."

Karin ließ sich das nicht zweimal sagen. Mit ihrer spitzen Zunge leckte sie alles auf, was ihr der Herr gegeben hatte. Das machte sie gierig, so als fürchtete sie, dass sie noch teilen müsse. Sie leckte und schluckte sich über den Boden, bis sie vor ihrem Herrn kniete. Dieser zog sie an den Schultern zu sich hoch und ließ sich von ihr umarmen. Ganz leicht drückte er sie zu sich heran und ging gemeinsam mit ihr auf uns zu.

„Ich denke, ihr habt fürs erste Mal genug zu sehen bekommen. Geht jetzt raus und lasst uns allein. Ich bin noch nicht fertig hier, aber die Sonderbehandlung meiner Sub gebe ich ihr nur unter vier Augen."

Peter und ich standen auf, nickten Ulf und Karin lediglich kurz zu und verließen den Raum.

Draußen auf dem Flur lehnte ich mich erst einmal an die kühle Wand und atmete tief durch. Peter schaute mich fragend an.

„Geht es dir gut?"

Ich nickte ihm zu.

„Gut, dann schlage ich vor, dass wir uns etwas im „Massage-Salon" ausruhen." Er nahm meine Hand, zog mich von der Wand fort und legte seinen Arm um mich, während wir gemeinsam den Flur entlang schritten.

Ich machte mir Gedanken darüber, was Ulf wohl gerade mit Karin veranstalten würden. Richtig entspannen konnte ich nicht, auch wenn Peter sich sehr um mich bemühte und mich zärtlich massierte.

„Komm, lass uns noch etwas in der Bar trinken. Ich kann hier heute nicht mehr entspannen." Peter stimmte dem zu und gemeinsam suchten wir noch einmal die Bar auf.

Ich war richtig erleichtert, als wir Karin und Ulf an einem Tisch sitzen sahen. Sie schienen sich angeregt zu unterhalten und stellten jetzt alles andere dar, als eben im „Domina-Studio". An ihrer Haltung ließ nichts darauf schließen, dass sie eben Herr und Sklavin waren.

Ulf hatte uns auch entdeckt und winkte uns zu ihnen herüber.

„Darf ich dich etwas fragen?", versuchte ich Ulf anzusprechen.

„Du musst mich nicht um Erlaubnis bitten, eine Frage an mich richten zu können. Außerhalb vom „Domina-Studio" bin ich einfach nur Ulf. Was willst du wissen?"

Ich fühlte mich etwas dümmlich, dass ich meine Frage an ihn so eingeleitet hatte.

„Du hattest doch gesagt, dass wir uns nicht einmischen dürfen, dass wir uns zurückhalten müssen. Wieso hast du uns dann doch ab und zu aktiv teilhaben lassen?"

„Ich habe euch untersagt, euch aktiv am Geschehen zu beteiligen, aber nicht gemeint, dass ich es euch verbiete, wenn ich euch dazu auffordere. Das hat dir doch gefallen. Ich habe gesehen, wie du dich kaum zügeln konntest. Ich musste dir doch etwas Erleichterung verschaffen. Es ist nicht gut, wenn man Interessierte zusehen lässt und sie gleich mit aller Härte konfrontiert, die die S/M-Lust hergeben kann. Man muss das selber Stück für Stück für sich erarbeiten. Wir wollten euch beiden nur einen kleinen Einblick geben. Alles andere liegt in eurer Hand." Und an Peter gerichtet:

„Hast du deine Sub heute noch eingeritten?"

Bei diesen Worten schoss es mir heiß in den Unterleib.

„Nein, dann solltest du das schnell nachholen. Das Erlernte festigt sich besser, wenn sie es am eigenen Leib erfährt.“ Ulf drückte Peter mit diesem Satz einen Schlüssel in die Hand.

„Geht nur, das Zimmer ist noch für euch heute Abend reserviert.“

Ohne verbal dem etwas zu entgegnen, führte mich Peter über den Flur ins „Domina-Studio“.

Ich zitterte nicht nur innerlich. Mein ganzer Körper vibrierte vor Aufregung auf das, was mich mein Herr lehren würde.

Nur so viel sei noch abschließend zu sagen.

Ich ging durch eine harte Lehre, durch die mein Herr mich führte. Ich lernte den Unterschied kennen zwischen peinigendem und lustvollem Schmerz. Ich lernte mich in der Haut einer unterwürfigen Sklavin wohl zu führen. Mehr noch, als Dienerin für die Lust meines Herrn da sein zu können, erfüllt mich seit dieser Nacht mit tiefer Demut und Zufriedenheit.

Es ist mir hier an dieser Stelle als treue Dienerin nicht erlaubt, näher darauf einzugehen, wie mein Mann mich an diesem Abend in unsere neue Lust einführte. Dieses ist so intim, dass ich erst seine ausdrückliche Erlaubnis brauche, darüber zu reden. Nicht einmal Beate hat es geschafft, Einzelheiten aus mir heraus zu bekommen. Und das soll etwas heißen. Ich bewahre dieses Erlebnis wie einen Schatz und gebe ihn nicht preis. Mir wäre es, als würde ich unsere Lust verraten, die sich nur im gegenseitigen Vertrauen Halt gibt.

Peter und ich hatten noch sehr viele aufregende Besuche im Swinger-Club, den wir zwar nicht mehr mit dieser Regelmäßigkeit besuchen, aber dennoch immer mal wieder. Die Besuche haben sicher bewirkt, dass unsere Sexualität, die immer schon freizügig, verspielt und offen war, hemmungsloser und intensiver geworden ist. Was unsere Sexualität betrifft, ist nichts mehr mit normalen Maßstäben zu vergleichen.

Unsere Lust hält sich nicht im Rahmen und wechselt von einer Spielart zur nächsten. Fast nichts ist uns abwegig und immer noch probieren wir neue Sexspiele aus, manchmal auch mit anderen Partnern, aber nach wie vor nie ohne Anwesenheit des eigenen. Immer noch ist uns wichtig, dass wir Sexualität gemeinsam erleben, auch wenn wir dabei unsere Gedanken manchmal alleine auf eine Reise schicken.

Auch unsere Freunde, Beate und Klaus, lassen sich ab und zu mal im Swinger sehen, wo wir auch gemeinsam Spielabende veranstalten, wenn wir uns dort verabreden oder zufällig treffen. Diesmal jedoch mit offenen Karten.

Entschuldigen Sie, dass ich hier erst einmal mit meiner Erzählung aufhören muss, denn ich höre gerade Peter nach mir rufen.

„Komm, lass uns swingen."

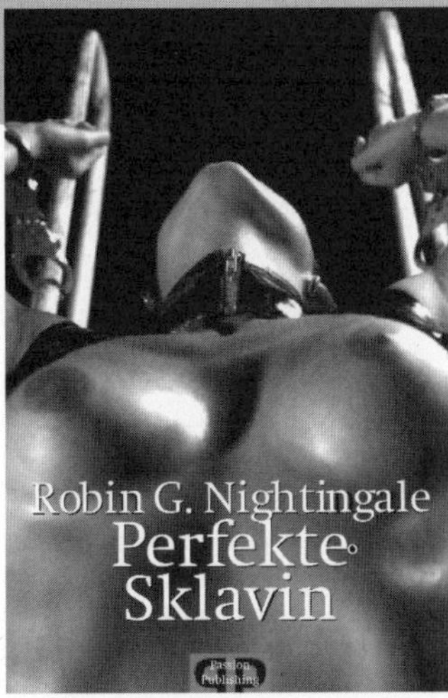

Robin G. Nightingale

Perfekte Sklavin

Eigentlich war das Model Lena für Fotoaufnahmen ins Ausland gereist. Stattdessen aber findet sie sich nackt und angekettet in einem Kerker wieder: Sie ist als eine von mehreren Dutzend Sexsklavinnen in einem Gefängnis gelandet.
Und aus diesem Gefängnis, das von einem perfiden Regelsystem voller Strafen und Demütigungen durchzogen ist, scheint ein Entkommen unmöglich zu sein ...

ISBN: 978-3-939907-13-8
Softcover mit Klappen, 176 Seiten,
Format: 12,5 x 19 cm

€ (D) 12,95 / € (A) 13,40 / SFR 22,70

Robin G. Nightingale

Firmenhure

Durch eine Erpressung wird Karen Weißgerber, Führungskraft einer globalen Firma, zur sexuellen Marionette zweier Mitarbeiter. Dabei entwickelt insbesondere Karens Rivalin Diana eine geradezu diabolische Fantasie, ihre Vorgesetzte immer mehr zu erniedrigen und an die Grenzen des Erträglichen zu führen. Während Karen immer verfügbarer und vor ihren Kollegen immer mehr zum Lustobjekt wird, kann sie sich nicht einmal gegen die Geilheit wehren, die dabei von Tag zu Tag in ihr wächst …

ISBN: 978-3-939907-24-4,
Softcover mit Klappen, 189 Seiten,
Format: 12,5 x 19 cm

€ (D) 12,95 / € (A) 13,40 / SFR 22,70

Weitere Titel

Penny Birch:
Isabelles Sünden
ISBN: 978-3-939907-12-1
€ (D) 12,95 / € (A) 13,40 / CHF 22,90

Don Winslow:
Eisprinzessin
ISBN: 978-3-939907-11-4
€ (D) 12,95 / € (A) 13,40 / CHF 22,90

Angel Blake:
Sinnliche Tortur
ISBN: 978-3-939907-08-4
€ (D) 12,95 / € (A) 13,40 / CHF 22,90

Felix Baron:
Dominant
ISBN: 978-3-939907-09-1
€ (D) 12,95 / € (A) 13,40 / CHF 22,90

Sachi:
Tokyo Club
ISBN: 978-3-9809942-7-9
€ (D) 12,95 / € (A) 13,40 / CHF 22,90

Lucy Golden:
Lektionen im Gehorsam
ISBN: 978-3-939907-01-5
€ (D) 12,95 /€ (A) 13,40 / CHF 22,90

April Rosen (Hrsg.):
Best of Passion
ISBN: 978-3-939907-19-0
€ (D) 12,95 / € (A) 13,40 / CHF 22,90

Adriana Arden:
Leidenschaftliche Unterwerfung
ISBN: 978-3-939907-16-9
€ (D) 12,95 / € (A) 13,40 / CHF 22,90

Princess Spider:
Die Herrin der Sklaven
ISBN: 978-3-9809942-9-3
€ (D) 9,95 / € (A) 10,20 / CHF 17,90

Aishling Morgan:
Unschuldig
ISBN: 978-3-9809942-1-7
€ (D) 12,95 / € (A) 13,40 / CHF 22,90

Ashley Lister:
Swinger –Eine Szene voller Lust und Leidenschaft
ISBN: 978-3-939907-00-8
€ (D) 9,95 / € (A) 10,20 / CHF 17,90

G. C. Scott:
Fesseln der Lust
ISBN: 978-3-939907-03-9
€ (D) 12,95 / € (A) 13,40 / CHF 22,90

Cat Scarlett:
Quälende Lust
ISBN: 978-3-939907-06-0
€ (D) 12,95 / € (A) 13,40 / CHF 22,90

William Doughty:
Latex Luder
ISBN: 978-3-939907-07-7
€ (D) 12,95 / € (A) 13,40 / CHF 22,90

Aishling Morgan:
Gierige Züchtigung
ISBN: 978-3-939907-17-6
€ (D) 12,95 / € (A) 13,40 / CHF 22,90

Aishling Morgan:
Prinzessin
ISBN: 978-3-9809942-2-4
€ (D) 12,95 / € (A) 13,40 / CHF 22,90

bei Passion Publishing

Lucy Golden:
Was immer du befiehlst
ISBN: 978-3-939907-02-2
€ (D) 12,95 / € (A) 13,40 / CHF 22,90

Robin G. Nightingale:
Perfekte Sklavin
ISBN: 978-3-939907-13-8
€ (D) 12,95 / € (A) 13,40 / CHF 22,90

Yolanda Celbridge:
Stellas Unterwerfung
ISBN: 978-3-939907-05-3
€ (D) 12,95 / € (A) 13,40 / CHF 22,90

Adriana Arden:
Grausame Schule
ISBN: 978-3-939907-10-7
€ (D) 12,95 / € (A) 13,40 / CHF 22,90

Lisette Ashton:
Der Marquis kehrt zurück
ISBN: 978-3-9809942-8-6
€ (D) 12,95 / € (A) 13,40 / CHF 22,90

Madelynne Ellis:
Gothic Phantasmagoria
ISBN: 978-3-939907-15-2
€ (D) 12,95 / € (A) 13,40 / CHF 22,90

Aishling Morgan:
Unterwürfig
ISBN: 978-3-9809942-3-1
€ (D) 12,95 / € (A) 13,40 / CHF 22,90

Aishling Morgan:
Entführt
ISBN: 978-3-9809942-0-0
€ (D) 12,95 / € (A) 13,40 / CHF 22,90

Maria Del Rey:
Das Institut
ISBN: 978-3-9809942-6-2
€ (D) 12,95 / € (A) 13,40 / CHF 22,90

Aishling Morgan:
Im Bann der blauen Begierde
ISBN: 978-3-939907-18-3
€ (D) 12,95 / € (A) 13,40 / CHF 22,90

Penny Birch:
Fesselspiele
ISBN: 978-3-939907-20-6
€ (D) 12,95 / € (A) 13,40 / CHF 22,90

Aishling Morgan:
Liebesschmerzen
ISBN: 978-3-939907-21-3
€ (D) 12,95 / € (A) 13,40 / CHF 22,90

Penny Birch:
Stab und Spitzenhöschen
ISBN: 978-3-939907-22-0
€ (D) 12,95 / € (A) 13,40 / CHF 22,90

Bestellen Sie hier:
Passion Publishing Ltd., Postfach 11 28, 53621 Königswinter

Bestellhotline: 01805 / 708709, Bestellfax: 0531 / 708601,
info@passion-publishing.de

WISSEN FÜR DIE PRAXIS